Brigitte Aschwanden

NICHT IM TRAUM

Die Autorin:

Brigitte Aschwanden ist in der Nähe von Basel geboren und aufgewachsen. Später lebte sie in Madrid, widmete sich dem Tanz und der Performancekunst, bevor sie nach Zürich zurückkehrte, Germanistik und Romanistik studierte und in Zug als Deutschlehrerin arbeitete. Jetzt lebt sie wieder in Madrid.

Nicht im Traum ist ihr zweiter Roman. Zuvor erschien als Book on Demand der autobiografische Roman *Wurzelhacken. Erinnerungen* (2019).

Bibliografische Information der Deutschen Nationalbibliothek:
Die Deutsche Nationalbibliothek verzeichnet diese Publikation
in der Deutschen Nationalbibliografie; detaillierte bibliografische Daten sind im Internet über dnb.dnb.de abrufbar.

Lektorat: Elisabeth Grüninger

Korrektorat: Bruno Meyer

© Brigitte Aschwanden, Madrid 2020

Umschlaggestaltung und -bild: Estrella Aguado López

Herstellung und Verlag: BoD – Books on Demand, Norderstedt

ISBN 9783751914475

INHALT

Ein über jeden Verdacht erhabener Erzähler

Es regnete in Strömen, als sie aus dem Kino traten. Sehr passend, nach einem Film, der sich *A Rainy Day in New York* nennt, meinte Eva, während sie ihren winzigen Knirps aus der Handtasche nestelte und zu öffnen versuchte. Für ihre zwei Köpfe reichte es, wenn sie sie zusammensteckten, Schultern und Handtaschen würden nass werden. In dem engen Altstadtsträßchen kamen die Leute auf dem Gehsteig kaum aneinander vorbei. Das Wasser tropfte von den vorstehenden Dächern in die Pfützen und von den Regenschirmen in die Kragen der zwei Frauen. Vor den Kneipen standen unbeirrt die rauchenden Biertrinker herum, so dass Ausweichen und der Schritt ins fließende Wasser im Straßengraben unvermeidlich waren. Also auch nasse Schuhe. Nur schon der Gedanke, sich mit triefendem Schirm und nassen Füssen unter die Menge in einer dieser vollgestopften Kneipen zu drängen, war unangenehm.

Komm, lass uns in die Markthalle gehen, dort gibt es auch jede Menge Buffets und Theken, schlug Anna vor. Madrid ist nicht New York ...

... und wir küssen uns nicht im Regen, fiel Eva ihr ins Wort. Unglaublich, wie romantisch Woody Allen sich gibt.

Auch die Markthalle war gut besucht, der Boden nass wie die Schuhe der Zufluchtsuchenden. Aber an der Theke von Carlotas Käseladen waren zwei Hocker frei, in einer angenehm geschützten Nische etwas weiter weg von den lärmenden und lachenden Samstag-Abend-Ausgehern.

Sie sei Tag für Tag mit Papierkram beschäftigt, seufzte Eva auf die Frage, ob sie nun, nach ihrer Versetzung in den Ruhestand, mehr zum Schreiben komme. Und Anna hatte den Ausdruck »Versetzung in den Ruhestand« bewusst boshaft gewählt. Von Amt zu Amt, und dann auch noch dieser Psychologie-Kongress. Die Vorbereitung ihres Vortrags habe sie wochenlang auf Trab gehalten. Die Poesie muss halt warten, meinte sie resigniert. Ich hoffe aber, dass der Poetik-Workshop bald wieder in Gang kommt, sonst muss ich den Dozenten privat engagieren.

Unterdessen standen zwei Gläser Rotwein vor ihnen und zwei Kugeln einer leckeren Masse aus Roquefortkäse und anderen Zutaten. Da sie schon aufs Schreiben zu sprechen gekommen waren und nicht aufs Lesen, was neben dem Kino auch ein rekurrentes Thema der beiden war, legte Anna dar, was sie zurzeit beschäftigte. Sie habe vor ein paar Tagen alte Traumnotizen gefunden und beim Durchlesen gestaunt, was für skurrile Geschichten da zusammenkämen. Außerdem weckten diese Träume aus vergangenen Tagen in ihr Erinnerungen an weit zurückliegende Ereignisse.

Anna vertiefte sich in ihre Käsekugel, nippte am Rotwein und ließ den Blick über die in die Halle drängende, klatschnasse Menge von Schutzsuchenden schweifen.

Und?, spöttelte Eva. Wirst du mir gleich einen Vortrag über Freud halten? Traumdeutung, und so? Oder beginnst du gleich mit Jung?

Mach dich nicht lustig über mich!, wehrte sich Anna. Ich will meine Träume nicht deuten. Aber ich glaube, mir ist da ein Material in die Hände gekommen, aus dem ich etwas machen sollte.

Eva fragte mit vollem Mund: Was meinst du? Ein Buch?

Na ja, das ist etwas hoch gegriffen, lachte Anna. Aber es stecken schon gute Geschichten in diesen Träumen, die mir da in die Hände gefallen sind. Da bin ich doch einmal zum Bahnhof gegangen, um den Papst abzuholen, in aller Selbstverständlichkeit. Ich habe mich noch darüber gewundert, dass er einfach so im Zug anfahren würde, ohne Tamtam, und mich gefragt, wie ich ihn ins Hotel bringen solle. Im Bus etwa?

Eva lachte.

Soll ich dir die ganze Geschichte erzählen?, fragte

Anna.

Nur zu!

Am Bahnhof war es noch zu früh, ich trank etwas in einer Bar, hängte ein bisschen herum, sprach mit den Kellnern, und dann musste ich mich doch beeilen. Aber auf welchem Gleis soll der Papst ankommen? In plötzlichem Stress suchte ich nach der Ankunftstafel, eilte einen Gang entlang, und da sah ich ihn schon mit großen Schritten entgegen kommen, in der Hand einen kleinen Koffer. Die Schöße seines Regenmantels öffneten sich und ließen die weiße Soutane sehen. Ich ging auf ihn zu und stellte mich vor.

»Hallo«, antwortet er, »ich bin Franziskus, sehr erfreut. Und das hier sind meine Mutter und ihr Partner.« Dabei wies er auf ein Paar, das auf uns zukam. Mir fielen die halblangen, dunklen, elegant frisierten Haare der Frau auf und ich dachte: Da sieht man doch, dass ihr Sohn ein erfolgreicher, berühmter Mann ist und sie sich um ihr Auftreten kümmern muss. Außerdem hat sie jetzt sicher keine Geldprobleme mehr und kann sich den Friseur leisten.

Franziskus zeigte sich aufgeräumt, unkompliziert. Nun war da doch ein Auto, und wir stiegen ein. Der Papst und seine Mutter hinten, der Partner der Mutter vorne neben dem Chauffeur, und der Papst hielt mir die

Tür auf, damit ich mich hinten neben ihn ins Auto zwängen konnte. Er hatte keinerlei Berührungsängste. Bevor wir übrigens zum Auto gegangen waren, hatte ich die kleine Gruppe an der Bar vorbeigeführt, meine Kellner von vorher gegrüßt und unauffällig auf meine Begleiter gedeutet. Der Papst!, hatten meine Lippen lautlos formuliert und ich hatte mit den Augen gezwinkert.

Eva war der Erzählung amüsiert gefolgt und bestellte nun zwei Gläser Wein, vom selben.

Und noch eine Kugel Roquefort, fügte Anna hinzu, sonst wird mir nächstens schwindlig.

Es sei doch verblüffend, wie ein Traum ohne die geringste Anstrengung eine Geschichte erfinden könne, nahm sie den Faden wieder auf. Sozusagen im Schlaf.

Ja, lachte Eva, und der Traum als Erzähler ist erst noch über jeden Verdacht erhaben! Alles ist möglich und wird mit größter Selbstverständlichkeit erzählt. Und akzeptiert. Den Traum als Erzähler stellt man nicht in Frage, und schon gar nicht wertet man ihn. Und falls du den Traum selber geträumt hast, kannst du dich, was immer du auch im Traum getan hast oder gefühlt, entschuldigend auf dein Unbewusstes berufen. Dich als bewusste Person, also dich als Ich, die den Traum geträumt hat, trifft keine Schuld. Du hast ja geschlafen.

Anna drehte ihr Glas zwischen den Fingern und blickte eher skeptisch. Es gebe schon Träume, wo ihr ihr Unbewusstes ziemlich auf den Wecker gehe, meinte sie.

Ich gehe mir mehr auf den Wecker, wenn ich mich erinnere, als wenn ich träume, entgegnete Eva. Ich würde sogar behaupten, es gibt Erinnerungen, die ich nie erzählen würde. Aber leg sie einem Traum in den Mund, lass ihn als Erzähler fungieren, und du wirst sehen, es klingt ganz akzeptabel. Schließlich ist es nur ein Traum.

Zum Beispiel?, fragte Anna, die ihren Blick nicht vom beschlagenen Glas der Eingangstür abwendete, an dem die Regentropfen in fröhlichen Schlangenlinien hinunterglitten.

Pff. Eva ließ die Luft zwischen ihren Lippen hindurch entwischen, während sie kurz überlegte. Du kannst beliebige Szenen aus einer Ehe nehmen. Solche, wie sie Ingmar Bergman erzählt, zum Beispiel. Wir würden uns scheuen, solche unangenehmen Erfahrungen auszupacken. Na ja, auch er schiebt die Fiktion des Films vor.

Anna nippte an ihrem Wein und machte sich hinter die zweite Käsekugel, während sie ihrer Freundin interessiert zuhörte.

Soll ich als Beweis eine solche Szene in Traumformat erfinden?, fragte diese. Pass auf.

Wir sitzen in einem Auto. Mein Mann, unser fünfjähriger Sohn und ich. Das Auto holpert über einen Feldweg und die letzten Meter legen wir auf der Wiese zurück. Wir sind auf einem Campingplatz irgendwo in den Bergen. Das kleine Zelt ist schnell aufgestellt. Andere Zelte sind keine zu sehen. Nach dem Abendessen (belegte Brote?) richte ich mich gemütlich ein, breite die Schlafsäcke auf dem Zeltboden aus und ziehe mich mit dem Kleinen ins Innere zurück. »Ich fahre jetzt ins Dorf hinunter«, sagt mein Mann, »Eliana wohnt dort. Wir haben uns verabredet. Es ist ganz in der Nähe.«

Eliana? Ich habe keine Ahnung, wer das ist, antworte auch nicht, da mir das Vorhaben absolut unverschämt vorkommt. Wir sind hier schließlich auf einem gemeinsam geplanten Wochenendausflug! Und abgesehen davon ist weit und breit keine Seele! Ich alleine mit dem Jungen auf einer Kuhweide in den Bergen! Ich versuche, mir nichts anmerken zu lassen, der Kleine soll nicht denken, dass da etwas nicht in Ordnung ist, und Angst bekommen.

Nach zwei, drei Geschichten schläft der Junge und ich lese noch ein wenig mit Hilfe der Taschenlampe. Als ich das Licht ausmache, werde ich mir der immensen Dunkelheit um mich herum bewusst. Ich muss eingeschlafen sein, denn nun höre ich Geräusche. Tiere! Es ist stockdunkel im Zelt. Ich bin wieder hellwach. Mein Sohn schlummert friedlich, der dritte Schlafsack ist immer noch leer. Die Geräusche kommen langsam näher. Wildschweine? Ich habe Angst. Was immer auch passiert, hier ist niemand, den ich um Hilfe bitten könnte. Und er weiß das! Er weiß, dass er seine Frau und seinen Sohn mitten in der Nacht alleine auf einer gottverdammten Waldlichtung zurückgelassen hat. Es ist eine Kuh, die sich dem Zelt nähert. Ich höre, wie sie das Gras wegzupft und kaut, Erleichterung. Kühe sind nicht gefährlich. Aber was, wenn sie über die Zeltschnüre stolpert und uns unter sich begräbt? Allmählich wird die Angst von einer unheimlich großen Wut abgelöst. Als ich erneut aufwache, ist draußen heller Sonnenschein, er schläft und schnarcht im Schlafsack und die Wut ist immer noch da. Sie legt sich über die ganze Welt. Auch die sonnenbeschienene Wiese, das Vogelgezwitscher, der Duft nach Pinienwald sind wuterfüllt. Wie soll ich diese Wut vor dem Sohn verbergen, der sich jetzt verschlafen die Augen reibt?

Ich bemühe mich um einen unbeschwerten Ton, begrüße ihn und sage, er solle Papa bitten, ihm das Frühstück zu machen. Dann marschiere ich in den Wald. Laufen, laufen, laufen. Das einzige, wozu ich fähig bin. Der Wald endet an einem Abhang. Weit, weit unterhalb der Felsfluh sehe ich das Dorf, wo er die halbe Nacht verbracht hat.

Als ich von dem ausgedehnten Spaziergang zurückkomme, sind die Onkel, Tanten und Cousins bereits angekommen. Ich hatte keine Ahnung, dass wir den Sonntag zusammen verbringen würden. Er muss das ohne mich arrangiert haben. Vermutlich kurzfristig. Und nun würde ich den ganzen Tag lachen müssen.

Eva schwieg und sah ihre Freundin erwartungsvoll an.

Komm schon! Jetzt lachte Anna ihrerseits. Das hast du nicht frei erfunden, jetzt, während du erzählt hast! Gib zu, das hast du wirklich geträumt!

Eva nahm den hingeworfenen Handschuh auf: Vielleicht habe ich es auch wirklich erlebt!, und sah Anna herausfordernd in die Augen.

Na, dann würde ich endlich verstehen, warum du geschieden bist! Prost!, und Anna hob ihr Glas.

Erst jetzt bemerkten sie, dass schon wieder kein Wein mehr drin war. Und dass sich die Markthalle ziemlich geleert hatte und dass an der Glasscheibe der Eingangstür keine Tropfen mehr hingen. Carlota konnte nun, nachdem der Besucheransturm nachgelassen hatte, endlich verschnaufen. Sie kam hinter dem Tresen hervor und setzte sich zu ihnen, nachdem sie die Gläser nachgefüllt hatte, sich selber auch eins.

Sagt bloß nicht, ihr sprecht über Männer, bemerkte sie, weil sie die letzten Worte mitbekommen hatte.

Ganz sicher nicht!, konterten die beiden entrüstet. Wir

erzählen uns Träume!

Anna hat sie über Jahre hinweg aufgeschrieben, ergänzte Eva.

Carlota schaute erstaunt. Ich falle abends ins Bett und schlafe wie ein Stein. Zum Träumen habe ich keine Zeit, und zum Aufschreiben schon gar nicht. Wüsste nicht, wann. Um acht Uhr muss ich schon wieder hier sein.

Zum Träumen hast du die ganze Nacht Zeit! Und du träumst ganz bestimmt. Bloß zum Erinnern und Aufschreiben kommst du nicht, erwiderte Eva.

Jetzt, wo du das sagst ... Carlota ließ den Wein genüsslich über die Zunge gleiten. An Träume erinnere ich mich nicht. Ich meine, an ganze Abläufe oder Geschichten, aber manchmal bleibt ein besonders intensives Bild hängen. Und eines ist mir geblieben, obwohl Jahre vergangen sein müssen. Es hat mit meiner Großmutter zu tun, die damals schon sehr, sehr alt war und ihr Bett kaum mehr verließ.

Carlotas Blick verlor sich irgendwo in der nun ruhig daliegenden Markthalle.

Sie lag in einem stattlichen Bett, das so groß war, dass ich selber im Schneidersitz neben ihr auf dem weißen Laken Platz hatte. Ich saß dort und betrachtete sie. Ihr Kopf mit dem ungekämmten weißen Haar ruhte auf einem schneeweißen Kissen. Sie war sehr bleich und trug ein ebenfalls weißes Nachthemd voller Rüschen und Spitzen, die ihren Hals vollständig verbargen ... Es könnte auch ein Kleid gewesen sein ... Im Stil des 19. Jahrhunderts ...

Viktorianisch, wie die Frauen in diesem Film über Oscar Wilde, meinst du?

Carlota hatte den Einwurf nicht gehört, sie war in ihrer Vorstellung weit weg.

Insgesamt ein Bild in Weiß- und Grautönen, denn im Zimmer herrschte Dämmerlicht. Ich saß also dort auf dem Bett und schraubte den Kopf meiner Großmutter ab. Als ob es eine Puppe wäre. Ich hielt den Kopf einen Moment lang in der Hand, betrachtete ihn. Dann schraubte ich ihn wieder an.

Und? Die beiden Zuhörerinnen blickten sie gebannt an.

Und nichts. Das war es. Das Bild. Und jetzt muss ich euch rauswerfen. Morgen ist schon bald.

Tatsächlich waren sie die Letzten, die sich nun auf den Heimweg machten. Alle Markthallenstände waren geschlossen, auch die Wermut- und die Ceviche-Bar, alle Imbissbuden, die Pizzeria und das Sushi-Restaurant. Dort, wo sich tagsüber Äpfel, Birnen, Trauben, Auberginen, Zwiebeln und allerlei anderes Obst und Gemüse zu bunten, hohen Bergen auftürmten, wo Sardinen neben Seebarschen und Doraden auf dem schmelzenden Eis

ihre Augen aufsperrten und Pouletschenkel- und brüst-
chen in Reih und Glied auf ihre Käufer warteten, starrten
nun die Stände mit den leeren Augen ihrer heruntergel-
lassenen metallenen Rollläden schweigend auf die menschenleeren Gänge.

Ob ich drehen, schieben oder verzerren soll?

Liebe Eva.

Ich hänge dir einen Traum an (= original Traumnotiz vom Mai 2015), einfach weil er (der Traum) sich so Mühe gegeben hat. Ich habe den Text nicht ins Spanische übersetzt, aber du kannst ihn sicher gut verstehen.

Danke für gestern Abend und bis bald.

Anna

Attachment

Elektronische Oper

Wir spielen Musik für eine Aufführung, live. Ich soll, ich darf einen elektronischen Tonerzeuger bedienen, dessen Knöpfe und Schieber ich nicht verstehe, aber das macht Spaß. Ich drehe an einem Knopf, ein tiefer, mehrstimmiger Ton erklingt, ich lasse den Schieber nach oben gleiten, der Ton biegt, wölbt, verzerrt sich. Und er passt gut zur Handlung auf der Bühne. Als ob es die Musik einer Oper wäre und der Figur aus dem Mund strömte. Ich drehe, schiebe, stoße, bin völlig in meinem Element.

Nach dem ersten Akt muss die Bühne verlegt wer-

den, wir Musiker befinden uns nicht mehr in Blickkontakt, und trotzdem muss der Ton genau zu den
Bewegungen der Figuren passen. Jemand, der an einem Ort steht, der den Blick auf die Bühne ermöglicht und gleichzeitig Blickkontakt mit den
Musikern garantiert, übernimmt die Aufgabe, mich
zu dirigieren. Mittels Gesten wird er mir zeigen,
wann ich einsetzen soll, ob ich drehen oder schieben oder verzerren soll. Jetzt läuft nicht mehr alles
so ruhig, geradezu gemütlich ab. Alle sind angespannt, gereizt. Vor allem der Dirigent des Orches-
ters, das anscheinend auch vor Ort ist. Der zweite
Akt sollte beginnen, aber ich sehe den Dirigenten
von der Bühne her das Sträßchen herunter zu uns
laufen. »Hast du mir meinen Frack bereitgelegt?«,
fährt er einen meiner Kollegen an. Dieser fällt aus
allen Wolken. »Nein!« Nun rastet der Dirigent aus,
beginnt zu schreien, schnappt sich seinen Frack
(das Jackett) und läuft das Sträßchen wieder hinauf
Richtung Bühne. Gleichzeitig versucht er, mit den
Armen rudernd in sein Jackett zu schlüpfen.

Und, hast du den Traum gelesen? fragte Anna am
nächsten Abend, kaum hatten sich die Türen der U-Bahn
hinter ihnen geschlossen.

Ja, meinte Eva, während sie sich nach freien Sitzplätzen umsahen, dein Traum hat ganze Arbeit geleistet. Auf die Idee mit der elektronischen Musik, die aus dem Mund zu klingen scheint, muss man erst mal kommen.

Zwei junge Männer standen auf und machten Platz. Das Alter hatte seine Vorteile!

Fantastisch! Nicht? Anna wühlte in ihrer großen Tasche und zog ein Bündel bedruckter Blätter hervor, während neben ihnen ein alter Mann ein Wägelchen mit darauf festgebundenem Lautsprecher in Position brachte und ein Mikrofon zum Mund führte. Dann begann er zu singen, so grässlich, wie Anna es selten gehört hatte. Dank dem Playback konnte sie erkennen, dass es sich um *Yellow Submarine* handelte. Nein, kein Playback, der Mann spielte auf seinem Apparat eine komplette Version, aber nicht der Beatles, und sang mit. »Singen« war viel gesagt. Zum Schluss bat er um eine kleine Unterstützung der Live-Musik und klapperte mit einem Plastikbecher herum.

Nimmt mich wunder, was der unter »live« versteht, meinte Eva und wandte sich wieder Anna mit ihren Blättern zu.

Hier, meine gesammelten Traumnotizen. Ich habe sie transkribiert. Meistens waren sie auf Zettel gekritzelt, andere habe ich in alten Tagebüchern als Einschübe gefunden. Die älteste Traumnotiz stammt von 1976, die letzten, die ich gefunden habe, sind von 2015. *Elektronische Oper* ist eine dieser letzten Notizen. Ich habe ...

Na ja, »Notizen« klingt in diesem Fall eher bescheiden, kam Eva dazwischen. Auch du hast dich beim Aufschreiben ins Zeug gelegt, nicht nur der Traum beim Träumen.

Anna musste ihr zustimmen: Vermutlich hat mir der Traum so großen Spaß bereitet, dass ich selber in Fahrt kam, als ich mich an ihn erinnerte und mich daran machte, ihn aufzuschreiben. Außerdem habe ich das damals bereits auf dem Computer gemacht. Es erleichtert einiges beim Schreiben. Aber ich versichere dir, dass ich nichts hinzugefügt habe! Erfinden liegt mir nicht, ich bin viel zu rational veranlagt. Meine Träume können das besser. Sie klopfte auf das Bündel Blätter und lächelte, während sie es wieder in die Tasche zu stopfen versuchte. Dann folgte sie Eva, die sich zwischen den Passagieren mit Hilfe der Ellbogen Richtung Tür vorarbeitete, was gar nicht einfach war. Der Wagon war unterdessen gerammelt voll.

Ich bin an einer Frauenversammlung. Eine singt ein schönes feministisches Lied, eine andere trommelt. Ich stelle mich breit vor sie hin, damit der Kontrolleur sie nicht sieht, wir sind nämlich in der U-Bahn. Viele Frauen, großes Gedränge. Ich summe manchmal mit, versuche, bei Wiederholungen die Worte aufzuschnappen. Die Moderatorin fordert uns auf, lauter mitzusingen. Plötzlich bricht sie alles ab und fragt eine Ausländerin, ob es sie störe, nichts zu verstehen. Die meint, ja, sie fühle sich schon ausgeschlossen. Mich beeindruckt die Feinfühligkeit der Moderatorin. Im Traum denke (oder träume?) ich, mich als Moderatorin beim Fernsehen zu bewerben.

Anna! Eva schaute sie erstaunt und etwas besorgt an.

Der Ruf nahe an ihrem Ohr ließ Anna aufschrecken. Sie blickte zerstreut um sich, dann lachte sie. Oh, sorry, ich habe mich gerade an den Traum erinnert, den ich heute Morgen abgetippt habe Und sie zeigte auf ihre Tasche.

Ja nicht erzählen!, rief Eva und führte ihre Hände in gespieltem Überdruss zum Kopf.

Unterdessen wurden sie auf den Bahnsteig hinaus gespült und ließen sich von der Menschenmenge Richtung Rolltreppe stoßen.

Es war halt ein U-Bahn-Traum, lächelte Anna entschuldigend, als sie nach oben befördert wurden. Und dann fuhr sie weiter: Was mich ehrlich gesagt beschäftigt, seit ich meine Traumnotizen durchgegangen bin, ist die Frage, ob man das Träumen üben kann. Ich meine, ob es einen Lernprozess in Sachen Träumen gibt. Ob man zum Beispiel mit zunehmendem Alter und mit zunehmenden Traumerfahrungen besser träumt.

Was meinst du mit »besser«?, wollte Eva wissen. Das ist doch höchst problematisch!

Aber da war die Rolltreppenfahrt auch schon zu Ende, und sie mussten sich in dem Gewirr der vielen Gänge auf den Weg konzentrieren, um zum richtigen Ausgang zu gelangen. Es war Feierabend und in der U-Bahn herrschte Hochbetrieb. Auch auf dem Platz, auf den die beiden Frauen nun entlassen wurden, wimmelte es nur so von Leuten. Müde Gestalten, die von der Arbeit aus irgendeinem Bürokomplex der modernen Stadtperipherie kamen und so schnell wie möglich nach Hause wollten, mischten sich beim Überqueren des Platzes mit anderen, fröhlicheren Gesellen, die sich ins Stadtzentrum aufgemacht hatten, um etwas von der Hektik des anbrechenden Abends zu erhaschen, Freunde zu treffen, ein Bier zu trinken oder einfach umher zu schlendern. Mitten auf dem Platz erhob sich das noch leere, kegelförmige Metallgestell des zukünftigen Weihnachtsbaumes. Statt der bunten Lichter, die ihn schmücken würden, schaute vorläufig noch der milchig weiße Vollmond gespenstig durch die Gittermaschen.

Die beiden Frauen gingen um das große Warenhaus herum, das eine Flanke des Platzes säumte, und bogen in die kleine Straße ab, die zum Hintereingang führte. Dort war es etwas ruhiger.

Also, was meinst du mit »besseren« Träumen?, insistierte Eva.

Wenn ich meine Traumnotizen durchlese, und dazu hatte ich beim Transkribieren ausgiebig Gelegenheit, dann erkenne ich zum Beispiel, dass sie im Lauf der Jahre vielfältiger werden, dass überraschendere Situationen auftreten, eindrücklichere Bilder entstehen, dass die Realität gekonnter verwandelt wird. Ja, letztlich auch, dass die Notizen sprachlich besser ausgearbeitet sind.

Das hat aber nichts mit dem Traum zu tun!, wandte Eva ein. Das bist du, die besser schreiben gelernt hat.

Einverstanden. Aber wenn der Traum kein Material bietet, kann die Sprache auch nicht viel ausrichten.

Und ob!

Nicht in dem Fall!, entgegnete Anna. Wenn du einen Traum notierst, meistens möglichst schnell, damit er nicht vergessen geht, bist du noch müde, verschlafen, und wenn du das nicht mitten in der Nacht tust, zwischen Schlaf und Schlaf, dann musst du dir die Zeit vom Frühstück abstreichen, oder von der Dusche. Alles in allem also keine Gelegenheiten, um an der Sprache zu feilen. Das muss so schnell wie möglich aufs Papier. Deshalb ist die Sprache der Notizen andererseits manchmal erfrischend nonchalant.

Sie waren stehen geblieben, genau vor der Stelle, wo das berühmte Warenhaus sein mechanisches und multimediales Weihnachtspuppenspiel zu präsentieren pflegte, an der hohen Fassade über dem breiten Hintereingang. Dieser war von einem Baugerüst umgeben, unter dem riesige Zwerge herumstanden.

Nein, das war kein Traum!

Es standen tatsächlich Zwerge hinter dem Gitter, das die Baustelle des Puppenspiels von dem davorliegenden Platz abgrenzte. Die Zwerge waren überdimensional groß. Einer, am Drahtseil eines Krans hängend, schwebte gerade über ihren Köpfen seiner Destination zu. Arbeiter in blauen Überkleidern und mit gelben Helmen nahmen den Zwerg in Empfang und stellten ihn in die Reihe der anderen Zwerge, die bereits oben angelangt waren. Oder waren es alles Pinocchios? Nun kam ein Iglu an die Reihe.

Schon wieder *Schneewittchen und die sieben Zwerge*?, stöhnte Eva und verzog ihr Gesicht zu einer Grimasse. Aber das Iglu?

Haha, vielleicht ist es kein Iglu, sondern einer der sieben Berge, in dem Fall eher ein Hügel, aber zugeschneit!, amüsierte sich Anna. Komm, lass uns einen Kaffee trinken, und ich zeige dir eine Notiz, die in einer schrecklichen Sprache verfasst ist. Die älteste, die ich gefunden habe. Derentwegen ich überhaupt auf die Idee gekommen bin, es könnte beim Träumen einen Lernprozess geben.

Beim Schreiben!, insistierte Eva.

Im Café der Buchhandlung war es angenehm ruhig. Es befand sich in einem von Glas überdeckten Innenhof, der den Blick über mehrere Etagen hinauf freigab. Der Eingangswand entlang waren Bücher ausgestellt: Neuerscheinungen, Bestseller, auch Kinder- und Kochbücher. Die zwei setzten sich an einen Tisch nahe den Regalen und fühlten sich, umgeben von den Büchern, wie zuhause.

Anna legte ein Papier, das sie aus ihrem Blätterstoß hervorgezogen hatte, vor Eva hin: Schau! Und Eva vertiefte sich in die Lektüre.

19.8.1976

Ich gehe am Sonntag mit ein paar Freunden spazieren. Vorher habe ich, glaube ich, überlegt, was ich am Sonntag machen soll, dass ich nicht alleine bleiben will. Irgendwie trifft es sich dann glücklich mit dem Spaziergang. Ich habe ein Kind mit mir, etwa so wie meine Nichte. Ich habe es auf dem Arm. Gegen Abend ist der Spaziergang fertig, alle gehen heimwärts. In der Stadt sagt auch Doris, dass sie in ihre Wohnung gehe, sie habe dort etwas zu essen. Ich bin enttäuscht, als ich sehe, dass sie nicht bei mir bleiben will, sondern gerne alleine heimgeht. Ich überlege mir noch, dass sie anscheinend sehr zufrieden und ausgefüllt sein müsse, den Abend alleine zu verbringen. Wir gehen weiter. Rolf ist noch dabei. Irgendwann ist dann das Kind weg. Auch alle anderen. Ich will alleine auf einen Hügel, Rolf ist irgendwo voraus. Ich bin traurig, dass sich der Ausflug mit den Freunden so früh aufgelöst hat. Ich habe spekuliert, dass er sich in den Abend hinausziehen würde. Ich habe überhaupt keine Lust, den Abend alleine zu verbringen. Dabei denke ich überhaupt nie daran, mit Rolf zu bleiben. Unterwegs sehe ich Elfi an einem Hauseingang. Ich habe nicht gewusst, dass sie dort verkehrt. Kurz denke ich, Elfi ist auch eine Möglichkeit. Wir winken uns zu, aber dann gehe ich schlussendlich alleine heim.

Na ja, nicht gerade überwältigend, meinte Eva, als sie wieder aufsah und das Blatt sinken ließ.

Hab's ja gesagt!, rechtfertigte sich Anna. Übrigens werde ich ihm den Titel *Nur nicht allein sein* geben. Könnte ein Songtitel sein, nicht?, fragte sie lachend.

Elektronische Oper ist besser, erwiderte Eva. Nicht nur der Titel, auch der Traum. Und die Sprache!

Das meine ich ja! Es gibt gute und weniger gute Träume. Was gibt dieser Traum schon her, was sich sprachlich frisieren ließe. Der andere ist doch auch inhaltlich viel reichhaltiger.

Eva war einverstanden, blieb aber skeptisch gegenüber Annas Idee, dass das Träumen im Lauf des Lebens einem Lernprozess unterworfen sei.

Wovon, meinst du denn, hängt es ab, ob ein Traum kreativer ist als ein anderer, selbst wenn es um vergleichbare Inhalte geht?, fragte Anna.

Eva lachte: Vielleicht haben Träume manchmal mehr Lust zu fabulieren und manchmal weniger. Dann fügte sie etwas ernster hinzu: Am besten liest du bei Freud nach, oder bei Jung. Ich habe gar nichts mit Traumdeutung am Hut.

Aber ich will doch die Träume gar nicht deuten!, wandte Anna ein.

Freud hat sich auch mit der Komposition der Träume beschäftigt, meinte Eva, damit, wie die Bilder sich folgen, wie ein Inhalt verdichtet, wie ein Element verschoben wird, und so weiter. Eine Art Traumgrammatik hat ihm wohl vorgeschwebt, wenn er von der Gesetzmäßigkeit in der Traumbildung sprach. Dann sah sie sich um, denn noch immer war kein Kellner bei ihnen am Tischchen erschienen.

Als sie es geschafft hatten und der Kaffee bestellt war, fuhr sie weiter: Aber letztlich ging es Freud um die Deutung, also darum, herauszufinden, wie der Inhalt des Traums mit der gelebten Wirklichkeit der Träumenden zusammenhängt.

Nach einer kurzen Pause versuchte sie, ihre Erklärung zu verdeutlichen: Also, auf welche vergessenen Erlebnisse – Freud würde sagen: verdrängten Erlebnisse – der Inhalt des Traumes anspielt. Er meinte, es handle sich meist um sexuelle Erlebnisse aus der Kindheit. Du kennst ja seine ganze Metaphorik: Ödipuskomplex, Kastrationsangst und so weiter. Eva schien den Faden verloren zu haben und hielt inne, dann fügte sie hinzu: Jung war damit übrigens gar nicht einverstanden. Und nach einer weiteren Überlegungspause fragte sie: Aber was willst du eigentlich mit deinen Träumen anfangen, wenn du sie nicht deuten willst?

Das war nun allerdings eine gute Frage und Anna reagierte schnell und lebhaft:

Wenn ich das wüsste! Sie gefallen mir einfach. Zumindest einige, die guten. Sie lachte. Es ist, als ob mir schlafend gute Geschichten eingefallen wären. Geschichten, die mir eben nur im Traum einfallen können. Schau mal, die hier zum Beispiel.

Jetzt standen die zwei Tassen dampfenden Kaffees vor ihnen und Eva ließ sich gutmütig dazu überreden, noch eine Traumnotiz zu lesen, dann müsse sie aber schleunigst nach Hause.

Wir wollen alle ans Begräbnis von Allende. Feierliche Stimmung zuhause. Ich sehe von ferne Gestalten übers Land auftauchen. Ich will mich ihnen anschließen. Aber Vater ist noch nicht aufgestanden. Endlich können wir aufbrechen. Wir machen uns auf den langen Weg. Die anderen Leute sind alle schon verschwunden. Wir kommen in Wälder, Vater, Diego und ich. Diego schläft, wir tragen ihn abwechslungsweise. Von ferne hören wir Stimmen. Endlich! Wir gehen richtig! Aber da tauchen überall Guerilleros de Cristo Rey auf, weiß gekleidet, und schlagen die Leute und wollen sie nicht durchlassen. Einer kommt und gibt jedem von uns einen Schlag auf den Kopf mit einem Plastikschwert. »Auch der Kleine kommt dran, weil du ihn mitnimmst.« Ich bin überrascht, dass es gar nicht weh tut. Weiter. Bei einer Festwirtschaft vorbei, Holztische und Bänke. Leider regnet es. »Schade«, meint Vater, »es wäre schön gewesen, hier.« Weiter. Da hören wir eine herrliche Musik. Es scheint, dass wir uns einer wunderbaren, alten Stadt nähern. Mauern, Nischen, Statuen. Dann ein großes Tor. Es ist Santiago de Compostela. Wir gehen hinein. Da hebt sich hinter uns die Fallbrücke, wir schweben hoch hinauf, sitzen in einem Holzkasten mit Fensterchen hinten und vorn. »Sieht aus wie ein Sarg«, bemerke ich. Dann beginnt sich der Kasten zu senken, in ein großes Kirchenschiff hinein (oder ist es eine Industriehalle?). Ein Arbeiter unten hilft bei diesem Landemanöver, er öffnet auch die Kiste. »Herzlich willkommen, ihr habt es geschafft! Die anderen sind schon da.«

Während ihre Freundin sich auf den Text konzentrierte, hatte Anna den Kellner gerufen und bezahlt.

Spannend, meinte Eva schließlich, und geheimnisvoll; diese mittelalterliche Stadt, die herrliche Musik, der Sarg ... Klingt wie eine Reise ins Jenseits.

Nicht? Anna packte den Stapel Papiere wieder ein. Und was da alles sonst noch zusammenkommt: Allende und die Guerilleros de Cristo Rey! Aber auch mein Vater in diesem Haus ist seltsam. Dort habe ich mit meinem

Mann gewohnt. Mein Vater war nur einmal bei uns zuhause, als er nach Madrid kam. Aber es stimmt, man hatte von der Veranda unseres Häuschens einen Blick weit übers Land. Auch wenn es nur der Blick Richtung Canillejas und Barajas war, wo wir die Flugzeuge aufsteigen und landen sahen. Und die Festwirtschaft mit den Holzbänken ist wiederum ein typisch schweizerisches Requisit. Es fehlen nur der Grill und die Bratwürste. Sie lachte. Kannst du dich noch an die Guerilleros de Cristo Rey erinnern? Die haben nun auch gar nichts mit Salvador Allende zu tun.

Und ob ich mich erinnere!, rief Eva. 1977 war ich noch an der Uni. Dort waren die gefürchtet. Mehr als einmal wurden Studenten, Linke halt, von denen verprügelt und übel zugerichtet. Nichts von Plastikschwertern. Sie haben auch gemordet, mitten in Madrid. Da, gleich nebenan, auf der Plaza de Callao, haben sie einen jungen Kommunisten von hinten angegriffen und umgebracht, erzählte sie und deutete mit dem Kopf Richtung Straße. Viva Cristo Rey, haben sie gerufen, es lebe der König Christus!

Ja, stimmte Anna zu, diese Geschichten haben mich damals sehr betroffen gemacht. Zum Glück sind sie dann aber relativ bald aus dem Stadtbild verschwunden. Ich meine, zum Glück haben sie sich wie von selbst aufgelöst, diese Guerilleros, als die Demokratie sich konsolidierte.

Jetzt waren sie wieder auf der Straße. Es war dunkel geworden. Zwar waren immer noch viele Leute unterwegs. Wann denn nicht, in Madrid! Aber der Platz ließ sich zumindest ohne Schubsen und Drängeleien überqueren.

Eigentlich ist es nicht verwunderlich, fuhr Anna fort, dass diese faschistischen Guerilleros im Traum auftreten und sich uns in den Weg stellen, immerhin möchten wir zu Allendes Begräbnis. Politisch gesehen macht das Sinn, da hat der Traum eine gewisse Logik an den Tag gelegt. Schließlich war Allende Sozialist, und schließlich wurde auch er ermordet. Nicht auf offener Straße, aber auch ganz offen, im Präsidentenpalast, mit Bomben und Gewehrsalven. Diese Ereignisse hätten sie damals jahrelang beschäftigt, meinte Anna und drehte sich Eva zu: Weißt du, warum ich seinerzeit Spanisch gelernt habe? Diese schüttelte den Kopf. Weil ich nach meiner Ausbildung nach Chile wollte, um mich an den Alphabetisierungskampagnen zu beteiligen, die Allendes Regierung in die Wege geleitet hatte.

Eva sah sie anerkennend an und meinte, dieser revolutionäre Impuls sei ein Zug an ihr, den sie bisher nicht gekannt habe. Anna war sich nicht ganz sicher, ob das ironisch gemeint war, aber sie fuhr unbeirrt weiter:

Als ich dann Spanisch konnte, war es bereits zu spät. Meine Sprachkenntnisse kamen aber wenig später im Kontakt mit den chilenischen Flüchtlingen zum Zuge. Wenn sie von ihrem vergeblichen Widerstand während der ersten Tage nach dem Militärputsch erzählten und ihre Wut darüber ausdrückten, dass Allende sich geweigert hatte, das Volk zu bewaffnen, obwohl der Putsch bereits absehbar war, nahmen sie für mich heldenhafte Züge an. Anna lächelte: Und dann bin ich in Spanien gelandet. Ist doch auch gut.

Die Decke könnte einstürzen

In den nächsten Tagen machte sich Anna hinter Freuds *Traumdeutung*, die sie auf ihr Kindle-Gerät heruntergeladen hatte. Keine systematische Lektüre. Sie überflog viele Stellen nur ganz oberflächlich, vor allem die langen, ausführlichen Schilderungen von Träumen und deren Analysen. Mit der Suchfunktion verfolgte sie die Abschnitte, in denen sich Freud mit der Komposition der Träume beschäftigte, aber auch mit der Frage, woher das Material stammt, das im Traum zum Ausdruck kommt. Was sie interessierte, schrieb sie ab und legte sich eine wilde Zitatensammlung an. Wiederum völlig unsystematisch. Sie nahm sich nicht einmal die Mühe, zwischen den Aussagen zu unterscheiden, die Freud selber machte, und jenen, die er anführte, um ihnen zu widersprechen. Es ging ihr nur um die Gedankenanstöße. So kam zum Beispiel folgende Frage auf ihre Liste: *Aus welcher Quelle schöpft der Traum?* Und Freuds Schlussfolgerung, nach einer ausführlichen Diskussion unterschiedlicher Traum-Theorien: *Dass alles Material, was den Trauminhalt zusammensetzt, auf irgendeine Weise vom Erlebten abstammt, erinnert wird, dies wenigstens darf als unbestrittene Erkenntnis gelten.* Und: *Der Traum ist das Ergebnis unserer eigenen Seelentätigkeit.*

Danach schrieb sie eine E-Mail.

Liebe Eva

Danke für den Tipp, bei Freud nachzulesen. Ich mag mich zwar nicht durch seine ganze Traumtheorie kämpfen, einiges ist ja schon während meiner Ausbildung hängen geblieben. An Freud ist in den Siebzigern niemand vorbeigekommen. Und ich muss nun meine Frage, ob es im Laufe des Lebens auch einen Lernprozess für das Träumen gibt, revidieren. Ich habe nämlich völlig außer Acht gelassen, dass der Traum keine von mir unabhängige Instanz ist, wie ich das beim Lesen meiner Träume empfunden hatte. Als ob da ein Erzähler, unabhängig von mir und während ich schlafe, wunderbare Geschichten erfinde. Diese Idee gefiel mir so (und gefällt mir immer noch), dass ich nicht berücksichtigte, was Freud sagt: *Was der Traum auch immer bietet, er nimmt das Material dazu aus der Wirklichkeit und aus dem Geistesleben, welches an dieser Wirklichkeit sich abwickelt.*

Liegt völlig auf der Hand! Und dann ist unsere Frage beantwortet. Findest du nicht? Wir sprechen vom Lernprozess meines »Geisteslebens« und in gewisser Hinsicht auch von einer »Wirklichkeit«

die sich entwickelt und verändert. Und dass das einen Niederschlag in den Träumen haben muss, liegt auf der Hand. Auch beim Aufschreiben der Träume kommt diese Entwicklung sicherlich zum Tragen. Ich schreibe das auf, woran ich mich erinnern kann, und das hängt größtenteils damit zusammen, was ich als wichtig betrachte. Sogar in formaler Hinsicht! Solange ich im Traum eine kohärente Geschichte suche, die sich möglichst mit meinem Wachleben erklären und verstehen lässt, tendiere ich auch dazu, mich an Träume, die das bieten, zu erinnern und aufzuschreiben. Du erinnerst dich an den ganz alten Traum von 1976, diesen miserablen Text? Damals hatte ich mich gerade von meinem Freund getrennt. Ist ja klar, dass ich Angst davor hatte, allein zu sein. Also anscheinend ein völlig transparenter Traum, der mir einleuchtete und den ich dann auch aufschrieb. (Dass es für Freud keine transparenten Träume gibt, sei in Klammern erwähnt.) Hingegen war es bei diesem Traum neueren Datums, *Elektronische Oper*, gerade das Absurde an der Situation, das mich faszinierte, und der künstlerische Aspekt. Deshalb nahm ich mir die Mühe, ihn in allen Einzelheiten auf dem PC festzuhalten. Und ich hatte die Zeit dazu! Da war

ich nämlich bereits pensioniert. Auch ein Entwick-
lungsfaktor!

Bis bald

Anna

Eva antwortete sofort und äußerst kurz:

Liebe Träumerin

Freu dich nicht zu früh und lies, was C.G. Jung zu
sagen hat. Die beiden waren gar nicht einer Meinung. Vielleicht besteht dein Lernprozess darin,
dass du für die Prozesse deines Unbewussten zu-
gänglicher geworden bist. Ich halte mich da aber
auf jeden Fall raus!

Gruß

Eva

Und Anna zögerte keinen Moment, denn Jung war in
ihrer Büchersammlung vorhanden. Ebenfalls ein Erbe
aus früheren Zeiten und Beschäftigungen. Allerdings
nahm diese Lektüre etwas mehr Zeit in Anspruch. Sie
tauchte einige Tage in sein Alterswerk *Erinnerungen,
Träume, Gedanken* ein und versuchte, ihm bei seinen Aus-
einandersetzungen mit dem Unbewussten, dessen Sym-
bolen und den Archetypen zu folgen. Und sie fühlte sich

ziemlich überfordert, wie schon vor Jahren. Aber etwas ließ sie plötzlich aufhorchen und sie erinnerte sich an einen Traum, den sie in ihren Notizen gefunden hatte. Einer der geheimnisvollsten, weil er in enger Beziehung zu einem Ereignis der wachen Wirklichkeit stand.

In der Nacht vom 4. auf den 5. September 1987 hatte im Stadtzentrum von Madrid ein Großbrand gewütet, der ein großes Waren- und Lagerhaus, die *Almacenes Arias*, völlig zerstörte. Die ganze Nacht waren Feuerwehrleute im Einsatz. Gegen Morgen war ein Teil der Metallstruktur des Gebäudes eingestürzt und hatte zehn Männer unter Tonnen von Metall und Trümmern begraben.

An jenem Morgen hatte sie diesen Traum notiert:

Mein Mann, Diego und ich. Wir schlafen auf einer überdeckten Veranda. Ich bekomme Angst (oder eine Ahnung), die Decke könnte einstürzen, und bringe uns alle dazu, weiter drüben zu schlafen. Aber die Angst (oder die Ahnung) wird stärker und ich sehe, wie sich die Steine untereinander bewegen (stark), und wir wechseln den Platz noch einmal. Beim dritten Mal bricht die Decke gleich hinter uns ein. Ein großer Stein, wo wir vorher waren. Wir gehen ins Haus und schlafen oben. Diego, ein Mädchen (Hélène?) und ich. Ich merke, dass wir im Zimmer über der Veranda sind und bekomme Angst, der Boden könnte unter uns nachgeben. Ich versuche, das durch meine Konzentration zu verhindern. Gefühl von großer Intensität. Ich werde ganz heiß. Angst. Du musst es zulassen können, sage ich mir. (Ich erinnere mich in dem Moment auch daran, dass mein Bruder in dem Haus ist, und eine Schauspielerin. Ob sie wohl einen Film drehen?)

Nachdem sie die Zeitung gelesen hatte, hatte sie folgenden Satz hinzugefügt:

In der Nacht sind in Madrid mehrere Feuerwehrleute bei einem Großbrand im Stadtzentrum umgekommen, als das Gebäude einstürzte.

Ja, sie war von dieser Simultaneität sehr beeindruckt gewesen: Während sie von der Angst vor einer einstürzenden Decke träumte und davon, dass sie ganz heiß wurde, hatte dieser Kampf der Feuerwehrleute, keine drei Kilometer entfernt, stattgefunden. Irgendwie kam es ihr damals unheimlich vor, sich eine unterschwellige Kommunikation zwischen dem tatsächlichen Gebäudeeinsturz und ihrer eigenen Seelentätigkeit während des Traumes vorzustellen, und deshalb hatte sie den Traum eher im Hinblick auf die Tatsache gedeutet, dass sie sich gerade mit dem Gedanken trug, sich von ihrem Mann zu trennen. Oder hatte sie sich vor kurzem getrennt? Ganz genau wusste die Anna, die jetzt in ihren Traumnotizen herum scrollte, das nicht mehr. Ihre Angst im Traum hatte sie sich damals mit ihrer Angst davor erklärt, dass mit der Trennung das ganze Gebäude, das sie sich aufgebaut hatten, zusammenstürzen würde: die Vorstellung eines geordneten und beschützenden Familienlebens. Oder dass sie immer noch dabei war, diese Familie zu retten. Immerhin war sie die treibende Kraft im Traum, welche die anderen, ihre Familie, dazu brachte, den Platz zu wechseln. Ja, welche sich mit solcher Intensität anstrengte, dass sie ganz heiß wurde. Noch jetzt konnte Anna sich genau an das Traumbild der sich bewegenden Steine erinnern. Es war eine Großaufnahme. Und es waren große Steinbrocken. Sie hatte durch den Verputz hindurch sehen können, wie sie sich umeinander herum bewegten. So wie man mit einem starken Mikroskop sehen würde, wie sich die Moleküle umeinander herum bewegen, in einer Materie, von der man doch annimmt, dass sie fest und kompakt sei. Und nun las sie bei Jung vom Phänomen der Synchronizität, der Gleichzeitigkeit eines gewissen psychischen Zustandes mit einem äußeren Ereignis, welches als sinngemäße Parallele zum subjektiven Zustand erscheint! Und wieder kam ihr der Gedanke beklemmend vor. Aber das zeitliche Zusammentreffen der beiden Ereignisse, der Katastrophe und des Traumes, auf einen Zufall zurückzuführen, schien ihr auch etwas einfach.

Die Türglocke holte sie aus ihren Gedanken zurück in die Wirklichkeit. Der Postbote. Er klingelte einmal. Wie fast jeden Tag. Und sie wusste, würde sie jetzt zur Wohnungstür gehen und den Hörer der Gegensprechanlage abnehmen, könnte sie die blonde Frau sehen, die mit ihrem Post Trolley unten stand und darauf wartete, dass einer der Bewohner des vierstöckigen Hauses auf den Knopf drückte und ihr die Tür öffnete, damit sie die Post in die Briefkästen verteilen konnte, die im Eingangsbereich angebracht waren. Sie war sich aber auch im Klaren, dass der kleine Bildschirm der Gegensprechanlage schwarz aufleuchten könnte, falls jemand vor ihr schon geöffnet hätte. Die Briefträgerin klingelte nur einmal, aber bei jeder Wohnung. Und Anna verschwendete wie seit Jahren ein paar Gedanken an die unsinnige Lösung dieser Postzustellung. Nimmt sie die Post wieder mit und probiert es am nächsten Tag noch einmal, wenn niemand zuhause ist?, fragte sie sich. Kurz vor Mittag lag das durchaus im Bereich des Wahrscheinlichen. Wer konnte sich schon den Luxus leisten, den Morgen zuhause zu verbringen? Aber auch sie konnte sich keine Lösung vorstellen. Die Eingangstür unten musste geschlossen bleiben, das war klar, obwohl nicht einmal diese in Madrid gängige Sicherheitsmaßnahme vor Diebstählen schützte. In ihrem Haus war schon ein Velo gestohlen worden, das im hinteren Bereich des verschlossenen Eingangs an ein Gitter gekettet war. Außerdem wertvolle Werkzeuge und Maschinen des Bauarbeiters, der vor ein paar Jahren das Treppenhaus renoviert hatte. Sie waren im Untergeschoss des Eingangs gelagert, hinter einer mit einem Vorhängeschloss gesicherten Gittertür. Eigentlich unvorstellbar, wie ein Dieb all das in Erfahrung bringen konnte. Oder waren Mitbewohner beteiligt? Sie hatte diesen unangenehmen Gedanken immer sofort von sich gewiesen, aber sie erinnerte sich manchmal etwas wehmütig an die Eingangsbereiche in Zürich, wo Fahrräder und Kinderwagen zuhauf standen. Ihr Sohn Diego würde seinen kostbaren Buggy auf keine Fall unten stehen lassen. Wenn er zu Besuch kam, trug er ihn die Treppe hoch in den dritten Stock, erst das Kind, dann den Wagen. Verständlich, dachte sie, wenn man bedenkt, wie teuer diese Kombikinderwagen heutzutage sind, mit ihren vielen Funktionen und Bestandteilen: Autositz, Tragwanne,

Sonnenschirm, Schutzbarriere, und was sonst noch alles dazugehört. Sie hatten damals bloß einen ganz einfachen Kinderwagen gehabt, den man auf- und zuklappen konnte, und der zugeklappt aussah wie ein Regenschirm. In diesem führte sie ihren Sohn spazieren, als er kaum drei Monate alt war. Sie hatte den Sitz einfach auf Schlafposition gestellt, also waagrecht, und da es im Sommer in Madrid sowieso heiß war, erübrigte sich ein gedeckter Wagen. Einziges Accessoire war der Sonnenschirm, erinnerte sie sich und konzentrierte sich wieder auf den PC. Soll ein anderer öffnen gehen!

Als sie gegen Abend auf dem Weg ins Yoga an den Briefkästen vorbeikam, quollen diese alle über. Sie schnappte sich eines der bunten Couverts im Vorbeigehen. Wahlpropaganda! Also doch nicht der Postbote. Auch die vielen Leute, die in den letzten Tagen damit beschäftigt waren, die Botschaften ihrer Parteien in alle Briefkästen zu stecken, selbst in jene, denen anzusehen war, dass sie nie geleert wurden, mussten es schaffen, durch diese verschlossenen Türen eingelassen zu werden. Was für eine unnötige Verschwendung! Als ob nicht alle Stimmberechtigten bereits wüssten, was die Parteien zu bieten hatten. Nach drei Parlamentswahlen innerhalb von vier Jahren! Die schwere Haustür schlug hinter ihr mit einem lauten Scheppern zu. Die perfekte Sicherung gegen Diebstahl, lachte sie in sich hinein. Das Scheppern konnte sie in ihrer Wohnung hören und sie wusste, wann der Nachbar morgens das Haus verließ und wann der langhaarige, hübsche Bursche die Mülltonne von der Straße zurück in den Hauseingang zerrte. Ja, der hatte einen Schlüssel. Der musste einen riesigen Bund von Schlüsseln haben, war es doch sein Job, am Morgen alle Mülleimer von der Straße wieder unter Dach zu bringen. Und am Abend natürlich umgekehrt. Jede Nacht fuhr der Müllwagen vorbei. Auch so ein Geräusch, das die Tage und Nächte strukturierte. Wie das Scheppern der Haustür. Es musste Firmen geben, die diese jungen Männer anstellten, welche sich in der ganzen riesigen Stadt darum kümmerten, dass die Mülltonnen zur richtigen Zeit am richtigen Ort standen.

Das Yoga würde ihr gut tun. Es war einer der wenigen Momente, in denen sich ihr Gedankenstrom beruhigte und sie nur auf die Bewegungen und den Atem achtete. Im besten Fall. Sie lächelte. Und die groß angekündigte Fernsehdebatte der fünf Parteipräsidenten würde sie bei dieser Gelegenheit auch verpassen. Obwohl sie, wäre sie zuhause geblieben, den Fernseher nicht angestellt hätte. Seit Wochen hatte sie sich in ihrer Traumblase eingeschlossen und versuchte, möglichst wenig vom politischen Tamtam um sie herum mitzubekommen. Vor allem nicht die lauthalsen Diskussionsrunden im Fernsehen, aber auch nicht die Nachrichten. Sie war es satt, die sich seit Monaten im Leerlauf drehenden Verhandlungen um eine Regierungsbildung oder die Berichte über die vergiftete Situation in Katalonien mitzuverfolgen, vom Brexit ganz zu schweigen. Außerdem tauchte im Auslandteil unweigerlich die Fratze des amerikanischen Präsidenten auf, die sie an einen lüsternen Freier der Zürcher Langstraße denken ließ.

Als sie auf der Yogamatte stand und ihre Füße spürte und die Wirbelsäule und das Gewicht des sich Richtung Boden senkenden Kopfes, schaltete sie ab.

Ein Hindernis nach dem andern

(26.2.) (1990?)

Ich fahre in die Schweiz, meine Familie besuchen. In Zürich treffe ich mich mit Jan und seiner Frau in einem Gartenrestaurant. Sie bringen mir das Auto und haben es irgendwo geparkt. Ich gehe nachher alleine weiter, treffe zufällig in einer Bar noch Rolf an. Dann möchte ich nach Hause, zu meiner Mutter, wo auch Diego schläft. Aber ich weiß nicht genau, wo das Auto steht. Von einem Bahnhof aus gehe ich Stadt auswärts. Es ist stockdunkel. Nach anfänglicher Angst genieße ich es, man sieht nichts. Stimmen eines Paares, das ich überhole. Nachher kommen wieder beleuchtete Straßen, aber dort ist das Auto nicht. Auch habe ich die Schlüssel gar nicht genommen. Zurück auf dem dunklen Weg. Eine Hure überholt mich. Sie sucht Freier. Aber ein Polizist hält sie auf. Nachher kommt sie zu mir, möchte nicht allein zurück. Beim Bahnhof nehme ich ein Taxi.

Wie oft war Anna im Traum nicht an ihr Ziel gekommen! Ein eigentliches Leitmotiv über Jahre hinweg. Es grenzte an ein Wunder, dass sie das Begräbnis von Allende nicht verpasst hatten. Was für eine Erlösung, die Begrüßung in jenem Traum: »Herzlich willkommen, ihr habt es geschafft!«

Aber sonst! Irrwege. Eine Häufung unscheinbarer Hindernisse. Und dieser Aufwand des Traumes, die Hemmnisse zu variieren! Mal war es das unauffindbare Auto und, um eine Lösung noch unwahrscheinlicher zu machen, der vergessene Autoschlüssel, wie in der Traumnotiz, die sie soeben überflogen hatte. Oft waren es zufällige Begegnungen, die sie vom Ziel ablenkten. Selten verlief alles ruhig und unbeschwert wie hier. Es gab andere Träume, in denen sich der Hindernislauf zu einem eigentlichen Albtraum entwickelte. Immer wieder ein Bahnhof und der Zug, der gleich abfahren würde, immer wieder der Flughafen, an dessen Schaltern sie an andere Schalter weitergeleitet wurde, in dessen Fluren sie sich verirrte, wohl wissend, dass das Flugzeug ohne sie abheben würde.

Nach einem Tageskurs gehe ich mit zwei Kollegen am Bahnhof noch etwas trinken, da ich anschließend gleich den Zug nach Bern nehmen werde, um mit Doris abendessen zu gehen. Das Gespräch ist angeregt, ich merke, dass es langsam knapp wird für den Zug, der um halb fährt. Ich muss ja noch ein Billett kaufen. Als ich mich verabschiede und losrenne, weiß ich, dass ich es nicht schaffe, es ist fünf vor halb. Aber der nächste Zug fährt ja schon in einer halben Stunde. Da muss Doris sich halt gedulden, obwohl es ihr nicht passen wird. Nun suche ich den Ticketschalter. Ich gehe um das ganze Bahnhofsgebäude herum. Innen. Erst im Erdgeschoss, dann im Obergeschoss, kein Schalter. Zwei Männer stehen am Geländer vor einem Café und schauen runter. Ausländer. Ich frage den einen. Erst hört er nicht, dann, beim zweiten Anlauf, schüttelt er den Kopf. Ich haste weiter. Allmählich wird es sogar knapp für den nächsten Zug, wenn das so weiter geht. Ich gucke in einen Eingang hinein. Rötliches Licht, hinten ein Vorhang. Ein Theater? Sicher kein Ticketschalter. Weiter. Zunehmend gehetzt. Kaum Leute in den Gängen und Hallen. Endlich sehe ich ein paar junge Bahnangestellte. Einer weiß Bescheid. Übernimmt die Führung. Die anderen schickt er anderswo hin. Kommt mit mir und mit einem Kollegen weiter. Wir sind wieder da, wo ich auch schon war. Habe ich wohl zu Beginn schon den Ticketschalter übersehen? Das wäre ärgerlich. Einmal verliere ich sie aus den Augen. Ich schaue mich um. Da rufen sie von gegenüber. Die müssen mich für sehr verwirrt halten! Auch am roten Vorhang kommen wir wieder vorbei. Ob es sich noch lohnt, nach Bern zu fahren?

Anschließend an den Traum hatte sie notiert:

Die Orte am Bahnhof erinnern mich: Erstes Café: In Genf, in der Nähe der Straße, wo wir vor dem Grenzübergang etwas zu trinken pflegten, bevor wir den Zug nach Spanien nahmen. Zweites Café: Zug? Luzern? Beide Bahnhöfe haben Ober- und Untergeschoss, wo man umhergehen kann. Zürich: Vor dem Bahnhof durchgehen: Bahnhofplatz, beim Gleis drei.

Ja, sie sei viel gereist. Keine Weltreisen, keine Atlantiküberquerungen. Meistens in Europa, meistens von Spanien in die Schweiz oder umgekehrt. Anfangs mit dem Zug, später mit dem Auto und jetzt meistens mit dem Flugzeug. Und mit dem entsprechend schlechten Gewissen, fügte sie hinzu, als sie Eva bei der erstbesten Gelegenheit erzählte, was sie in den letzten Wochen getrieben hatte.

Wer schon werde denn nicht von solchen Träumen

heimgesucht, entgegnete Eva. Sie sei auch immer hin und her gereist, aber den Flug habe sie zum Glück immer nur im Traum verpasst. Sie lachten beide.

Diesmal hatten sie sich vor dem Museum Reina Sofía verabredet, um die Ausstellung von Jörg Immendorff zu besuchen, die eben erst eröffnet worden war. Eine schlechte Idee! Es war Sonntag und die Warteschlange nahm eine ganze Länge des rechteckigen Platzes in Beschlag und dehnte sich um die Ecke noch fast über eine Breite aus. Erst hatten sie sich angestellt. Aber die Kälte und die langsame Vorwärtsbewegung der Reihe hatten sie bald eines Besseren belehrt und nun saßen sie in einer warmen Bar. Die Tische waren fürs Mittagessen gedeckt, aber an einem der Fenster, die auf den Museumsplatz hinausgingen, standen ein paar Hocker. Es war noch zu früh für den Aperitif, die Bar würde sich erst später füllen.

Kein Wort über die Wahlen!, war die Abmachung gewesen. Beide kamen direkt vom Wahllokal, jede von dem ihr zustehenden, je nach Wohndistrikt. Es war schnell gegangen. Anna kannte den Tisch bereits, den sie suchen musste, um ihre Couverts in die Urne zu stecken. Sektion 067, Tisch U. Ein Schlitz für die Parlamentsabgeordneten, einer für den Senat. Kaum sechs Monate war es her, dass sie gewählt hatten. Und wozu? Es war keine

Regierung gebildet worden. Den linken Parteien war es nicht gelungen, sich zu einem Bündnis zusammenzuraufen und ihre Mehrheit im Parlament auszunutzen. Anna würde ihre Stimme wieder der gleichen Partei geben. Und sie haben es nicht verdient!, war ihr Gedanke, als sie zielstrebig zum Tisch mit den Wahlzetteln schritt, den Zettel der Partei suchte, der sie ihre Stimme geben würde, ohne Überzeugung und ohne Hoffnung, einen Sieg der konservativen Parteien verhindern zu können, die sich nicht scheuen würden, gemeinsame Sache mit der rechtsextremen neuen Partei Vox zu machen.

Kein Wort über die Wahlen! Aber ein Traum voller Irrwege und Hindernisse sei doch in dem Zusammenhang angebracht, meinte Anna und legte ihn Eva vor die Nase.

Der ist aber lang, wandte diese ein, als sie die zwei vollgeschriebenen A4-Seiten in Händen hielt.

Irrwege sind immer lang, erwiderte Anna. Und umso besser, das lenkt dich von den Wahlen ab.

Wieder ein vergeblicher Gang (21.1.2015)

Ich will an eine Veranstaltung der Uni Zürich. Eine Vorlesung über Literatur, etwas vom Mittelalter. Ich habe die Ausschreibung gelesen, mir gemerkt, wann und wo, den Rest wieder vergessen. Das genügt aber, so mache ich das oft. Hauptsache, ich weiß, dass es mich interessiert; wer genau worüber spricht, sehe ich, wenn ich dort bin.

Also mache ich mich auf den Weg, der rote Koffer ist dabei. (Will ich verreisen?) Ich komme viel zu früh, wie gewohnt. Das passt mir aber. Ich stelle den roten Koffer in den Vortragssaal, die Handtasche lasse ich (scheint mir) auch dort und nutze die Zeit, um noch etwas in der Uni herumzustreunen. Ich will in ein Nebengebäude (Gibt es dort eine Ausstellung?) und sehe auf dem Vorplatz meine Nichte Hélène, die Flugblätter verteilt (oder Leute anspricht?). Auf alle Fälle will ich nicht, dass sie mich sieht, sondern erst schauen gehen, was ich mir vorgenommen habe. Auf dem Rückweg (Was bin ich anschauen gegangen?), noch bevor ich bei ihr bin, kommt mir meine Schwester entgegen. Wir begrüßen uns herzlich, gehen zu Hélène, die mich vorher hat vorbeigehen sehen, plaudern ein wenig, aber jetzt bleibt mir nicht mehr so viel Zeit. Ich will die Vorlesung nicht verpassen und verabschiede mich. Wo aber muss ich hin?

Jetzt habe ich vergessen, in welchem Raum sie stattfindet. Ich erinnere mich vage an den Weg, den ich vorher genommen habe. Und gehe ihn nochmals. Bin ich tatsächlich am Café vorbeigekommen, wo sich Studenten an Tischchen unterhalten oder an einer Arbeit schreiben usw.? Der zentralen Halle im Uni-Hauptgebäude in Zürich ähnlich, aber weniger hoch, weniger groß, mehr Art déco. Die anschließenden Zimmer entsprechen nicht dem, wo ich vorher war. Ich versuche es vom Vordereingang her, bin nicht mehr sicher, wo ich vorher durchgegangen bin. Die Gänge kommen mir alle bekannt vor, aber keiner führt zu dem Zimmer, wo mein Koffer und meine Tasche stehen. Langsam werde ich nervös, sehr viel Zeit bleibt nicht mehr. Ich möchte die Vorlesung nicht verpassen, aber vor allem auch meinen Koffer und meine Tasche wieder finden. Ich könnte jemanden fragen, aber was frage ich?

»Wissen Sie, wo die Vorlesung (das Seminar?) über irgendetwas im Zusammenhang mit mittelalterlicher Literatur stattfindet?«

»Welcher Dozent?«

»Keine Ahnung.«

»Wie heißt die Veranstaltung?«

»Keine Ahnung.«

Lächerlich. Also nehme ich einen weiteren Anlauf. Wieder ein vergeblicher Gang. Nun muss ich doch die Information suchen und probieren, etwas herauszufinden. Vielleicht gibt es zu dem Zeitpunkt nur eine Veranstaltung über mittelalterliche Literatur. Ich frage am besten am Infoschalter oder im Hauptbüro nach.

Das Büro befindet sich aber in einem anderen Gebäude, finde ich heraus, und schon vor dem Eingang ins Gebäude sieht man viele Leute. Das Büro selber ist eine Front von vielen Schaltern, vor jedem eine Reihe wartender Studenten. Nun gebe ich langsam die Hoffnung auf, rechtzeitig an die Vorlesung zu kommen. Den Hörsaal muss ich aber unbedingt finden. Hoffentlich nimmt niemand mein Gepäck mit!

Jetzt bin ich bald an der Reihe. Ich habe mich dort angestellt, wo eine mir sympathische junge Frau hinter dem Schalter steht. Um zwölf schließen die Schalter für eine kurze Mittagspause. Es ist fünf vor, es wird knapp. Aber jetzt bin ich dran. Die junge Frau hat mir schon freundlich entgegengeblickt, da schieben sich zwei junge Männer vom Schalter nebenan herüber, vor mich. Ich reklamiere empört, die junge Frau blickt ratlos. Es kommt zu einem heftigen Wortwechsel. Da der eine junge Mann aber so hübsch und irgendwie auch lustig ist, nehme ich es mit Humor, und plötzlich sind wir am Schäkern, während der Schalter für 20 Minuten schließt. Da wir weiter sprechen und blödeln, geht die Zeit vorbei, ohne dass ich es merke, und schon öffnen die Schalter wieder. Ich bin irgendwie vor einen anderen gelangt und wäre nun an der Reihe. Ich will aber an den mit der freundlichen jungen Frau zurück, lasse die Leute hinter mir dran und wechsle nach nebenan. Und jetzt nimmt sie tatsächlich die zwei Männer dran, die plötzlich wieder da sind, ohne dass ich sie gesehen hätte, und wieder habe ich meinen Turnus verpasst. Und das war zu viel. Nun beginne ich einfach zu schreien, zu kreischen, so laut ich kann und drücke die ganze Frustration durch meine Kehle raus. Da klingelt der Wecker.

Solche Träume kenne sie auch, sie laufe und laufe und suche und komme nie an, meinte Eva. Verblüffend sei aber in diesem Fall, wie der Traum diese Steigerung schaffe, vom ruhigen, unbekümmerten Anfang bis zur absoluten Verzweiflung und der Explosion am Ende. Ob er wohl gewusst habe, der Traum, dass sie nicht zurückfinden würde, als sie zur Ausstellung ging? Ob der ganze Aufbau wohl von Anfang an geplant gewesen sei?

Und damit wären wir wieder beim Traum als Erzähler, lachte Anna. Aber Spaß beiseite, trotz unserer Abmachung sage ich dir jetzt, dass es mir in diesem Traum etwa so ergeht, wie es mir als Wählerin in den letzten vier Jahren ergangen ist.

Mit gespielter Empörung hielt Eva sich die Ohren zu. Aber Anna fuhr unbeirrt weiter. Sie sei vor vier Jahren beschwingt und hoffnungsvoll wählen gegangen, habe noch am selben Abend gefeiert. Hier auf diesem Platz, fügte sie hinzu und wies durchs Fenster. Sie habe sich zwar etwas geschämt, als sie sich dabei ertappte, wie sie dieselben Lieder mitsang, die sie vor vierzig Jahren gesungen hätten, gab sie zu, aber die Freude über einen radikalen Regierungswechsel sei groß gewesen. Nach all diesen Jahren von Korruption und Misswirtschaft. Und dann sei es zu keiner neuen Regierung gekommen, weil die Partei, die sie gewählt habe, gegen eine Regierung der anderen linken Partei stimmte. Und dann sei es so weitergegangen wie im Traum, ein Hindernis nach dem anderen, und nicht in Form von ein paar lustigen jungen Männern, mit denen man schäkern könnte, sondern lauter ehrgeizigen jungen Politikern, die sich gegenseitig zerfleischten, immer schlimmer, wieder Wahlen und wieder Wahlen, und an diesem Abend werde sie sicher laut schreien, wenn die Wahlergebnisse bekanntgegeben würden.

Da könne sie ihre Frage ja wiederholen, meinte Eva,

und im Bild des Vergleichs bleiben, den Anna eben aufgestellt habe. Ob wohl jemand gewusst habe, als sie 2015 zum ersten Mal wählen gingen, dass die nächsten vier Jahre ein dauerndes Seilziehen um eine Regierungsbildung sein würde? Ob der ganze Aufbau wohl geplant gewesen sei?

Ach, komm, wehrte Anna ab, hier war kein Erzähler am Werk, der Abläufe planen kann. Das ist Wirklichkeit pur. Politische Wirklichkeit. Traurige, chaotische Wirklichkeit.

Du wirst es überleben, tröstete Eva. Du hast ja deine Blase, wohin du dich zurückziehen kannst. Das hast du mal gesagt.

Du meinst die Träume?, fragte Anna. Die sind meist auch wenig ermunternd. Aber immerhin bin ich selber verantwortlich dafür.

Oder eben nicht!, lachte Eva. Warst nicht du es, die vor einiger Zeit gesagt hat, das Gute an den Träumen sei, dass wir nicht verantwortlich gemacht werden können für deren Inhalt?

Ja, meinte Anna resigniert, aber im Grunde wissen wir doch, dass wir dahinter stecken. Ihr Blick schweifte durch das Fenster über den Museumsplatz, wo die Warteschlange unterdessen verschwunden war. Und was für eine Blase hast du denn, in die du dich zurückziehen kannst?

Eva zögerte. Meine Kommunikationskurse und die Vorträge. Die Fotografie. Und nach einer Pause: Die Gedichte, wenn ich sie denn wieder in Angriff nehme. Und nach einer weiteren Pause: Träume. Warum nicht?

Aber du hast doch gar keine, hast du gesagt, wandte Anna ein, oder du erinnerst dich nicht oder schreibst sie nicht auf. Wie war das schon wieder?

Und wenn es nicht so wäre?, fragte Eva herausfordernd.

Genial! Dann erzählst du sie mir oder ich lese sie und wir sind quitt. Und schaffen uns eine Doppelblase. Anna lachte schallend und fragte, das Thema plötzlich wieder wechselnd: Und? Wirst du heute Abend deine Rolle als Wählerin und als Zuschauerin des Politspektakels gewissenhaft weiterspielen und den Fernseher anschalten?

Eva wehrte energisch ab: All diese Analytiker und Spezialisten auf den Podien, die glänzenden Studios mit den bunten Statistiken, die Lämpchen, die aufleuchten, wenn eine Partei einen Sitz dazugewinnt oder wieder verliert! Und sie steigerte sich in ihren eigenen Widerwillen hinein: All die Spekulationen, stundenlang! Und dann, Eva blies sich auf ihrem Hocker theatralisch auf, dann kommt der Auftritt der Parteipräsidenten, auf einem Balkon oder auf einer improvisierten Bühne, umrahmt von ihren treuen und nächsten Untergebenen. Viele Frauen darunter, fügte sie hinzu, ich meine: unter den Begleitern. Euphorische, freudestrahlende Sieger oder gespielt euphorische, freudestrahlende Verlierer, die sich eben noch auf der Toilette der Parteizentrale eine Träne aus den Augen gewischt haben. Und dann sehen wir gläubigen Zuschauer, wie unsere Repräsentanten ihren Sieg hochspielen oder ihre Niederlage unter den Tisch wischen und bereits wieder über ihre Gegner herfallen und sie kleinmachen. Sie schaute Anna resigniert an und seufzte: Ach, weißt du, am Ende halte ich die Ungewissheit doch nicht aus, schalte den Fernseher an und leide.

Baby in der Bar vergessen

Anna hatte sich eine einfache Strategie zurecht gelegt, um ja nicht der Versuchung zu erliegen, sich allzu früh den Spekulationen über die Ergebnisse der Wahlen auszusetzen. Sie schaute sich einen *Tatort* an. Da sie ihn nie direkt empfangen konnte, hatte sie sich angewöhnt, jeweils einen aus dem Online-Archiv des Ersten (Deutschen Fernsehens) auszuwählen. Theoretisch hätte sie das zu jeder Tageszeit und an einem x-beliebigen Tag tun können, aber seltsamerweise hatte sie sich immer wieder dabei ertappt, dass es Sonntagabend war, irgendwann nach acht, also zur klassischen *Tatort*-Zeit in Deutschland und in der Schweiz. Das musste ein Überbleibsel aus ihren Schweizer Jahren sein, wo der *Tatort* wenn immer möglich den Schlusspunkt des Wochenendes bildete. Diesmal hatte es sich gut getroffen: Sonntagabend, nach den Wahlen, die Ergebnisse würden erst ab neun Uhr wirklich aussagekräftig, wenn fast alle Stimmen ausgezählt wären. Ihr Mann war auch froh, dass der Fernseher anderweitig besetzt war. Und so schalteten sie sich erst dazu, als Anna wusste, wer der Mörder war, und die Wahlresultate feststanden, kurz vor zehn. Anna genügte ein kurzer Überblick über die Verteilung der Parlamentssitze. Der von ihr angekündigte Schreikrampf blieb aus, sie fühlte sich erstaunlich wenig betroffen. Ja, die Partei, der sie lustlos die Stimme gegeben hatte, war Wahlsiegerin, ja, die Partei, deren Kurswechsel ihr in letzter Zeit sehr auf die Nerven gegangen war, musste ein Fiasko einstecken, ja, die Rechtsextremen hatten extrem zugelegt. Aber war irgendetwas geschehen, was sie im Grunde genommen nicht erwartet hatte? War etwas eingetreten, was die schon Jahre dauernde Blockade lösen könnte? Anna gähnte, überließ ihren Mann den Politjournalisten und ging schlafen.

Beim Frühstück unterrichtete er sie ein wenig über die Kommentare der vergangenen Nacht, dann gelangten sie zur Ozeanographie (Anna konnte sich später nicht daran erinnern, wie), von dort zum Meeresabgrund vor den Küsten Nordspaniens, und ihr Mann erzählte, wie er als Junge Angst hatte, wenn der Meeresgrund beim Schwimmen plötzlich dunkel wurde. Anna erinnerte sich an die Schwindelgefühle, die sie jedes Mal überkamen, wenn sie sich beim Schwimmen vorstellte, wie tief der Abgrund unter ihr war, und erzählte es ihrerseits ihrem Mann. Der erinnerte sich bei dieser Gelegenheit an eine ehemalige Schülerin, eine junge Peruanerin, die ihm einmal ihre Angst vor dem Meeresabgrund geschildert hatte. Sie habe an der Küste gewohnt, wo ab und zu Menschen ertranken oder Fischer nicht zurückkehrten, und seit sie diesen Traum gehabt habe, fürchte sie sich. Im Traum war sie unter Wasser und sah einen großen Baum auf dem Meeresgrund stehen. Ein ertrunkener Matrose war an den Ästen des Baumes hängengeblieben, als er in die Tiefe sank. Da baumelte er nun, von den Strömungen geschaukelt, und ein riesiger Schwarm von Fischen umkreiste den Baum. Es sei kein schönes Bild gewesen.

Anna schaute ihren Mann erstaunt an. Wie kam er ausgerechnet jetzt dazu, ein Traumbild zu schildern? Sie war ihm dankbar, dass er ihr in die Blase zurück verholfen hatte.

Auch Eva schien sich dahin zurückgezogen zu haben. In einer Mail, die am übernächsten Tag eintraf, verlor sie kein Wort über die Wahlen, nicht einmal auf den Pakt der beiden Linksparteien nahm sie Bezug, der nun ganz plötzlich doch möglich geworden war.

Liebe Anna

Ich habe mich daran erinnert, dass es zwei Träume gibt, die ich vor langer Zeit geträumt habe, als mein Sohn geboren wurde. Stell dir vor: Fünfunddreißig Jahre ist es her! Und obwohl ich sie nicht aufgeschrieben habe, sind sie immer irgendwo in meiner Erinnerung hängen geblieben. Jetzt habe ich mich gestern daran gemacht, sie niederzuschreiben, für dich. Du weißt schon, warum. Mit dem Spanischen hast du ja kein Problem. Kannst sie in deine Sprache übersetzen, wenn du willst.

Traum 1: Baby in der Bar vergessen

Wir waren mit Freunden unterwegs und haben ein paar Bier getrunken. Es ist spät, als wir nach Hause kommen, schon nach Mitternacht. Ich stehe am Fenster und schaue hinaus in die Dunkelheit. Unten brennt noch Licht in den Bars und Kneipen. (Wir wohnen im vierten Stock in der Altstadt.) Ein paar Betrunkene grölen durch die Straße und treten gegen die Abfallcontainer. Auch die Fenster der Bar gegenüber, wo wir zuletzt waren, sind noch erleuchtet. Ich kann direkt hineinsehen. Auf dem breiten Fensterbrett steht eine Babytragtasche. Das schlafende Kind ist winzig klein, es scheint erst wenige Tage alt zu sein. Ich schüttle innerlich ein wenig den Kopf. Kaum zu glauben, an was für Orte die Leute ihre Babys mitschleppen. Bei diesem Rauch und Lärm!

Plötzlich durchfährt mich ein riesiger Schreck: Das ist ja mein Baby! Mein Sohn, der vor ein paar Tagen zur Welt gekommen ist und den wir vorher einfach vergessen haben, als wir uns von den Freunden verabschiedeten und auf den Weg nach Hause machten.

Wir sind halt noch nicht daran gewöhnt, dass er da ist, sage ich mir. Im Traum? Oder beim Aufwachen?

Traum 2: Baby einfach sitzen lassen

Ein wenige Monate altes Kleinkind sitzt auf einem Stuhl. Es ist schon dunkel und die vielen anderen Stühle sind leer. Nur noch wenige Personen stehen herum. Vorher hatte es auf diesem Platz ein Konzert gegeben, ein Freiluftkonzert. Seine Eltern waren auch da, mussten dann aber weg, und jetzt kommen sie einfach nicht zurück. Das Baby schafft es kaum, aufrecht sitzen zu bleiben. Immer wieder rutscht sein Po nach vorn und es wäre beinahe vom Stuhl gefallen. Es ist erschöpft von der unheimlichen Anstrengung, aufrecht zu sitzen und sich nichts anmerken zu lassen. Ihm ist nach Weinen zumute, die anderen Leute sollen aber nicht erfahren, dass seine Eltern es verlassen haben.

Du glaubst nicht, Anna, wie sehr ich das Kind jetzt noch bemitleide, wenn ich an diese Szene denke. Und natürlich habe ich immer vermutet, das Kind sei nicht mein Sohn, sondern ich selber. Und ich frage mich ab und zu, wie sehr dieses Gefühl der Verlassenheit und der Aufwand, sich die eigene Schwäche (und die der Eltern) nicht anmerken zu lassen, mit meiner eigenen Befindlichkeit zu tun haben, der aktuellen, aber auch der vergangener Zeiten. Ein gewisser Bezugspunkt ließe sich da schon feststellen ... Du kennst mich ja, und mein Pflichtbewusstsein, und wie ich mich anstrengen und abmühen kann, wo es andere ganz locker nehmen.

Ich weiß nicht mehr, in welcher Reihenfolge sich die zwei Träume folgten. Nur noch, dass es im Abstand von wenigen Tagen um Daniels Geburt herum war. *Baby einfach in der Bar vergessen* ist viel weniger gefühlsgeladen als *Baby einfach sitzen lassen*. Da wird wahrscheinlich bloß das Bild einer Mutter geschaffen, die sich noch nicht daran gewöhnt hat, dass ein neuer Mensch in ihr Leben getreten ist. Aber der zweite Traum, der hat's in sich!

Lass von dir hören!

Eva

Anna erinnerte sich an die Geburt ihres eigenen Sohnes und überließ sich den Gedanken über die Rolle, die sie nun als Großmutter zu spielen hatte. Keine einfache Sache, schien ihr. Sie liebte ihre Enkelin sehr, ja, sie musste sich eingestehen, dass sie sich bis zu einem gewissen Grad mit ihr identifizierte. So war sie einmal gewesen, als kleines Mädchen, stellte sie sich vor. Die Zartheit, die Zerbrechlichkeit ihrer Enkelin berührten sie jedes Mal, wenn sie wieder einmal etwas zusammen unternehmen konnten, aber auch ihre Freiheit von den gebildeten Urteilen, diese Unmittelbarkeit in jedem Moment, das Ungestüm in allen kleinen Unternehmungen. Wie lange sich das noch erhalten würde, jetzt, da sie schon den Vorkindergarten besuchte? Anna hatte einmal ein paar Zeilen aus Rilkes vierter *Duineser Elegie* ins Spanische zu übersetzen versucht, um sie ihrer Schwiegertochter vorzulesen, hatte das Vorhaben aber aufgeben müssen. Es war ihr keine akzeptable Übersetzung gelungen, auch war sie sich nicht sicher, ob Sara sich auf diese poetischen Zeilen einlassen würde. Aber sie waren im PC gespeichert und nun holte Anna das Dokument hervor.

[...] O Stunden in der Kindheit, / da hinter den Figuren mehr als nur / Vergangenes war und vor uns nicht die Zukunft. / Wir wuchsen freilich und wir drängten manchmal, / bald groß zu werden, denen

halb zulieb, / die andres nicht mehr hatten, als das
Großsein. / Und waren doch, in unserem Allein-
gehn, mit Dauerndem vergnügt und standen da /
im Zwischenraume zwischen Welt und Spielzeug, /
an einer Stelle, die seit Anbeginn / begründet war
für einen reinen Vorgang. [...]

Ja, das war Nuria, wie sie sich in etwas vertiefen konn-
te, wie sie etwas beobachten konnte, selbstvergessen, im
Zwischenraum zwischen Welt und Spielzeug. Ein reiner
Vorgang.

Die Liebe war gegenseitig. Anna genoss es, wenn die
Kleine sich ihr entgegenstürzte und die Arme ausbreitete,
oder wenn sie manchmal auf die Idee kam, sie anzuru-
fen, immer Videoanrufe, bloß um sie zu sehen, denn erzählen, am Handy ihrer Mutter erzählen, das schaffte sie
noch kaum. Schwieriger war es für Anna, die Beziehung
zu ihrem Sohn und dessen Frau zu meistern. Ein Balan-
ceakt zwischen Nähe und Distanz, Anwesenheit und Abwesenheit, der ihr mehr zu schaffen machte, als sie sich
hätte vorstellen können. Bei diesen inneren Kämpfen half
es ihr, wenn sie sich die Beziehung, die sie zu ihren Eltern gehabt hatte, vergegenwärtigte. Was für eine Rolle
hatten die in ihrem Leben als junge Mutter gespielt? Keine große! Gewiss, es freute sie zu sehen, dass sie ihren

Enkel liebten, dass er sie vermisste, weil sie weit weg wohnten, und ihre Geschenkpakete zu Weihnachten, Ostern oder zum Geburtstag feierte und dass er gerne zu ihnen in die Ferien fuhr. Aber wie oft waren sie schon zusammen gewesen! Selten. Oder wie lang! Eine Woche? Einen Sonntagnachmittag? Und über die ganze lange Zeit, wo ihre Eltern ihr Leben ohne die Tochter und ohne den Enkel verbrachten, machte sie sich keine Gedanken. Sie war beschäftigt.

Sie sind halt beschäftigt, hielt sie sich deshalb vor, wenn sie wieder einmal nicht verstehen konnte, dass in jener Familie nur wenig Zeit und Platz für sie war, jetzt, wo noch ein kleines Baby dazugekommen war, das Brüderchen von Nuria.

Ob ihr Sohn wohl von der Mutter träumte, etwa im Stil von: *Mutter in der Bar vergessen?*

Als ob nichts geschehen wäre

Auch der Chor, das fast tägliche Üben zuhause, die Proben und die Konzerte waren ein Teil ihrer Blase, in der sie sich nicht nur vor dem Medienrummel um die Tagespolitik sondern auch vor den langen Funkpausen ihres Sohnes schützte. Anschließend an die Proben ging sie meist noch mit ein paar anderen ein Bier trinken und hörte deren Geplänkel zu, warf ab und zu etwas in die Runde, eher selten, da sie vieles nicht verstand, zu schnell, zu leise, zu viel Lärm in der Kneipe. Dann pflegte Pizca sie bis fast vor die Haustür zu fahren, immer nach Mitternacht. Bei diesen Fahrten durch das Stadtzentrum brachten sie zuerst Gonzalo bis zur nächstgelegenen U-Bahnstation, er musste in eine andere Richtung. Aber diese kurze Zeit nutzten sie, um ihren großen, dicken Freund über diverse Fragen der Abfallentsorgung auszufragen. Er war nämlich Müllmann und erzählte mit seiner dröhnenden Bassstimme gerne von seinen nächtlichen Abenteuern hinten auf dem Müllwagen. Sein Spezialgebiet war die Abfalltrennung. Da sowohl Pizca als auch Anna, wie alle Einwohner Madrids, ihre Zweifel bei der Frage hatten, was in welche Tonne gehörte, waren sie ein aufmerksames Publikum, trotz der eher heiteren

Stimmung nach dem langen Singen und den paar Bieren, die sie sich genehmigt hatten. Anna erfuhr zum Beispiel, dass es in den Außenquartieren neben den orangen, den grünen und den gelben Tonnen auch noch braune gab.

Für den Restmüll, sagte Gonzalo, was sie zu einem schallenden Lachen in den höchsten Tönen veranlasste. Ein Sopran-Lachen, das wusste sie, seit sie ihre Kolleginnen vom Chor so hatte lachen hören. Ein Lachen, das unter der Schädeldecke vibrierte, sich dann gegen oben ausdehnte, um sich zum Schluss über den ganzen Raum zu ergießen. In dem Fall bloß in Pizcas kleinen Wagen.

Restmüll! Was bleibt denn noch, um Herrgotts Willen, wenn Plastik, Aluminium, Blech, PET, Tetra Brik, Papier, Karton und Biologisches entsorgt sind und der Rest im orangen Müllcontainer platziert ist?

Zum Beispiel Monatsbinden, Windeln, entgegnete Gonzalo.

Das käme bei mir in den Abfallsack für die orange Tonne, meinte Anna, und Pizca stimmte ihr zu. Allerdings produziere ich seit geraumer Zeit keines von beiden. Wieder ein Sopran-Lachen, diesmal zweistimmig.

Ja, aber ihr wohnt im Zentrum und habt keine braune Tonne, belehrte sie Gonzalo.

Da musste er aber auch schon aussteigen und Anna konnte ihre Fragen betreffs der Abfalllogik nicht mehr an den Mann bringen. Dafür fragte sie nun Pizca in der plötzlich eingetretenen Stille, ob sie oft träume. Pizca, was so viel bedeutet wie »ein kleines bisschen«, war ein Spitzname, den sie schon als Kind bekommen hatte. Weil sie sehr klein und unscheinbar gewesen sei, hatte sie Anna schon vor einiger Zeit erzählt. Und sie trug diesen Namen mit einem gewissen Stolz, ganz im Einklang mit ihrem Hang zur Tiefstapelei.

Träumen? Ja, sicher. Ab und zu. Nichts Besonderes, meinte sie nun, während sie ihren Kopf über das Lenkrad reckte. Dann lachte sie plötzlich: Seltsam, ausgerechnet ich, die eigentlich nur Bier trinke, habe zweimal von Whisky geträumt!

Anna hätte beinahe in die Hände geklatscht. Erzählen! Erzählen!, rief sie.

Ich weiß nicht, ob ich mich noch gut genug erinnern kann. Und es sind keine fröhlichen Träume, ganz im Gegenteil, bereitete Pizca das Terrain vor. Einer handelt von der Schwiegermutter. Stell dir vor, lachte sie. Um den Traum zu verstehen, musst du wissen, dass mein Mann und ich sie ab und zu in Vigo besuchen gingen, die Mutter und seine Schwester. Die Mutter war schon sehr alt und sie mochte es nicht, wenn ich in ihrer Wohnung abstieg. Hatte es nie gemocht. Deshalb mieteten Pedro und ich jeweils ein Häuschen, nicht weit von ihrem Wohnblock. Im Winter war es so eisig kalt in dem ungeheizten Chalet, dass wir morgens in einem Café Zuflucht suchen mussten. Mittags kochten und aßen wir bei der Mutter und bei der Schwester.

Und nun der Traum, fuhr Pizca fort.

Ich sitze nach dem Essen im Wohnzimmer und leiste meiner Schwiegermutter Concha Gesellschaft. Pedro und die Schwester sind in der Küche beschäftigt. Concha sitzt auf dem Sofa, vor dem laufenden Fernsehapparat, ich auf einem Stuhl am Tisch, ihr schräg gegenüber. Plötzlich dreht sie ihren Kopf zu mir herüber, schaut mich an und sagt: »Das ist schon dreist, wie du die Situation ausnutzt, dich hier gemütlich einnistest und jeden Tag mein Essen isst.« Dabei klopfte sie sich mit der flachen, rechten Hand auf die Wange, in dieser typischen Geste, du weiß schon, und Pizca wandte ihren Blick von der Straße weg zu Anna. Diese Geste, die sagt: »Tienes mucha cara.« Anna nickte. Ja, sie kannte die Geste, für die ihr kein entsprechender Ausdruck auf Deutsch bekannt war, nur allzu gut. »Du hast viel Gesicht«, die wörtliche Übersetzung, bedeutete nichts. »Du bist ein rücksichtsloser Schuft«? Das war zu viel Klartext.

Pizca fuhr weiter: Da habe ich genug, stehe auf, ziehe mir meine Jacke über und gehe in den kalten Nachmittag hinaus. Wie oft bin ich nun schon in Vigo gewesen und habe die Launen von Concha über mich ergehen lassen! Ich habe eingekauft, gekocht, Geschirr gespült und in fremden Wohnungen übernachtet. Mehr als einmal fürchterlich gefroren. Warum komme ich überhaupt her? Wer freut sich eigentlich darüber? Wütend stapfe ich durch die zu dieser Zeit ziemlich leeren Straßen. Weshalb verteidigt mich Pedro nicht? Weshalb schläft er nur in der Wohnung seiner Mutter, wenn ich nicht dabei bin? Platz hat es schließlich genug, auch für mich! Bin ich nicht seine Frau? Und die Schwester? Was spielt die für eine Rolle? Haben sie nicht jahrelang in unserer Wohnung in Madrid absteigen können, wenn sie uns besucht haben? Und haben wir nicht zusammen gefrühstückt, gegessen, abends und mittags? Warum war das damals alles möglich?, frage ich mich nun im Nachhinein. Im Traum, meine ich, fügte Pizca lächelnd hinzu. Sie war in Fahrt geraten und steuerte den Wagen schwungvoll durch die leeren Straßen. Um diese Zeit gab es kaum mehr Verkehr.

Pass auf, jetzt kommt der Whisky! Ich komme an einem Parfümeriegeschäft vorbei. Weil mir kalt ist, trete ich ein und kaufe mir einen knallroten Lippenstift. Ich streiche mir die Lippen noch im Laden an. Während ich mich im Spiegel betrachte, beschließe ich, Concha nie mehr zu besuchen. Ja, selbst Vigo ist mir nun verhasst, so kalt und so regnerisch ist es. Und Pedro werde ich keine Whatsapp schicken, um zu sagen, wo ich bin. Der soll ruhig schmoren. Ich stehe wieder auf der Straße mit meinen knallroten Lippen. Was nun? Es ist zu kalt, um draußen zu bleiben, und in unserem Chalet ist es nicht wärmer. Ich trete in die erstbeste Bar, setze mich an die Theke, bestelle einen Whisky und hänge weiter meinen düsteren Gedanken nach. Ja, nach Vigo werde ich nicht zurückkehren, bevor Concha gestorben ist. Ewig kann sie nicht leben. Ich auch nicht, aber statistisch gesehen doch länger als sie usw.

Allmählich trudeln Nachrichten von Pedro ein, per Whatsapp. Hat lange gebraucht, bis er mich vermisst! Wo bist du? Wo kann ich dich treffen? Ich antworte nicht. Soll er doch schmoren! Ob er wohl gemerkt hat, dass etwas nicht stimmt? Dann: Er habe mit Lola und José abgemacht. Wir treffen uns zum Abendessen im Soundso-Restaurant, halb zehn. Okay, antworte ich nur. Ich trinke meinen Whisky aus und mache mich auf den Weg Richtung Hafen. Nun ist es dunkel, kalt, und die Straßen sind weiterhin menschenleer. Noch bleibt etwas Zeit bis zum Treffen mit den Freunden. Unterdessen habe ich mich beruhigt, bin ein wenig beschwipst und bestens vorbereitet auf einen gemütlichen Abend, als ob nichts geschehen wäre.

Im Auto wurde es ruhig. Pizca hatte den Motor an der Ecke ausgemacht, an der Anna aussteigen musste. Diese schaute sie nun nachdenklich an.

Lebt die Schwiegermutter noch?

Pizca lachte. Die Arme! Sie ist vor zwei Jahren in hohem Alter gestorben.

Und? Hast du sie noch einmal gesehen?

Ja klar! War ja alles nur ein Traum.

Wieso kannst du dich so genau daran erinnern?

Pizca überlegte. Tja, weißt du, der Traum hatte einen wunden Punkt getroffen. Concha war sehr schwierig, nicht nur für mich. Und im Grunde genommen wäre ich am liebsten nicht mehr hingefahren. Immer wenn ich sah, wie sie mich anschaute, musste ich an den Whiskytraum denken.

Und der andere?

Was, der andere?

Whiskytraum. Da waren doch zwei!

Pizca schaute auf die Uhr. Ein anderes Mal, lachte sie und drehte den Zündschlüssel.

Anna packte ihren Rucksack und öffnete die Wagentür. Danke fürs Nachhausebringen, du Schatz!

Sie sah noch, wie Pizca, dieses »kleine bisschen«, sich reckte und sich im Rückspiegel vergewisserte, dass kein Wagen kam, bevor sie losfuhr und in der Calle de Atocha verschwand.

Anna machte sich in die entgegengesetzte Richtung auf den Weg. Es war nicht mehr weit. Wäre da nicht dieses Fahrverbot gewesen, hätte Pizca sie vor der Haustür abgesetzt. Sie war so hilfsbereit, eine durch und durch gute Seele! Umso erstaunlicher fand sie deshalb Pizcas Wut im Traum. Von dieser Seite hatte sie sie noch nicht kennengelernt. Und bei der Vorstellung, wie sie sich mit knallroten Lippen einen Whisky genehmigte, lachte Anna in sich hinein.

Auf den wenigen Metern, die sie nun noch von der Straße trennten, wo sie wohnte, überholte Anna die alte Frau im Pyjama, die in aller Ruhe ihr Hündchen spazieren führte. Es war nicht das erste Mal, dass sie ihr auf dem Heimweg von der Chorprobe begegnete. Nun, da es kalt war, hatte die Frau einen Mantel über den hellblauen Schlafanzug gezogen, aber nicht einmal zugeknöpft. Ihre nackten Füße steckten in ein paar ausgelatschten Halbschuhen. In aller Ruhe stapfte sie die Straße hoch, mit struppigen, weißen Haaren, und ihr hinterher der struppig weiße Hund, da und dort den schmutzigen Asphalt schnuppernd. Eine tapfere Frau, dachte Anna, und sie dachte es nicht zum ersten Mal.

Sie musste sich ein wenig gedulden, bis sich eine Gelegenheit fand und Pizca ihr den zweiten Traum erzählte.

Diesmal habe sie sich vorbereitet, meinte diese, bevor sie loslegte. Sie müsse einiges vorausschicken, damit Anna die Situation, von der sie träume, verstehen könne. Aber als Schweizerin würde ihr das gewiss nicht schwerfallen. Ob sie nicht manchmal ihre Mühe gehabt habe mit den spanischen Weihnachtstraditionen, fragte sie Anna und ohne eine Antwort abzuwarten, fuhr sie fort. Wie sie wisse, sei ihre Mutter Deutsche gewesen. Und sie fügte, sozusagen in Klammern, hinzu, dass ihr deshalb die Aussprache der Texte in den Bach- und Telemann-Kantaten auch nicht solche Mühe bereite wie dem großen Rest des Chores. Anna stimmte ihr lachend zu: Solche Mühe, dass ich meistens nicht verstehe, was sie singen, obwohl es eigentlich Deutsch ist!

Pizca nahm den Faden wieder auf. Die spanischen Weihnachtsfeiern seien laut und fröhlich, bestünden aus lauter Essen und Trinken. Wenn gesungen würde, dann lauthals, jeder in seinem Ton und ohne je ein Lied zu Ende zu bringen. Sie habe aber als Kind von ihrer Mutter eher die deutsche Tradition vermittelt bekommen. Anna wisse schon: Weihnachtsbaum, mit echten Kerzen, die Neugier, das Christkindlein zu entdecken, wenn es die Geschenke heimlich unter den Baum legte, *Stille Nacht, heilige Nacht* und *O Tannenbaum*, usw. Das ganze Tamtam, aber andachtsvoll, geheimnisvoll. Pizca war ein bisschen ins Schwärmen geraten und Anna musste zugeben, dass sie dieselben nostalgischen Gefühle Weihnachten gegenüber hegte. Sie könne sich gut daran erinnern, erzählte nun Anna, wie sie zum ersten Mal die Weihnachtskrippe, die ihre Schwiegermutter zu basteln pflegte, gesehen habe. Es gab keinen Weihnachtsbaum, die Attraktion war diese Krippe. Stell dir vor, die gute Frau sammelte das Jahr über Keksschachteln ...

Maria Fontaneda!, warf Pizca dazwischen und Anna musste lachen. Anscheinend waren zum Frühstück alle Spanier ihrer Generation mit diesen Keksen abgespeist worden.

Genau! Die hat sie auseinandergenommen und dann so wieder zusammengeklebt, dass sie einen großflächigen Boden für ihre Krippe abgaben. Diesen überzog sie mit Alufolie und ordnete darauf die Krippenfiguren an. Und weißt du, wo sie diese Figuren hernahm? Es waren lauter Playmobil-Figuren, aus den Spielen ihrer zahlreichen Enkel. Plastikmännchen und -weibchen mit steifen, von sich gestreckten Ärmchen, Piraten, Prinzessinnen, Matrosen, ja sogar ein Äffchen. Auch bei den Legos ist sie fündig geworden, zum Beispiel waren da ein Kamel, eine Palme und ein kleines Boot. Du musst dir das ausmalen! Dieser aluglänzende Boden und die ganze Plastikfigurenpracht darauf! Ich war damals, ehrlich gesagt, schockiert, ich mit meiner ganzen Schweizer Weihnachtssozialisation. Wie in Deutschland. Du kennst ja den Christkindlmarkt-Kitsch.

Anna überlegte einen Augenblick und fügte dann hinzu: Aus heutiger Sicht war diese Weihnachtskrippe meiner Schwiegermutter eigentlich eine tolle Installation! So richtig postmodern. Und leider völlig vergänglich. Sie hat sie stets wieder abmontiert, damit die Enkel ihre Playmobil-Figuren zum Spielen hatten. Okay, nun aber der Traum, schloss Anna, und Pizca machte sich an die Arbeit.

Einen Weihnachtsbaum konnten wir uns nicht leisten, deshalb pflegte ich stattdessen einen großen Tannenast an die Wand zu hängen, geschmückt mit Weihnachtskugeln und echten Kerzen, nicht diese elektrischen, die in Spanien sonst überall zur Anwendung kommen.

Der Traum beginnt damit, dass die Kerzen brennen und das kleine Wohnzimmer genauso feierlich anzuschauen ist, als ob ein großer Tannenbaum drin stünde. Es ist Heiligabend, zirka sechs Uhr, draußen schon dunkel. Carlos ist fünf Jahre alt, Marisol sieben. Die Kerzen schimmern in ihren Augen. Wir singen zusammen *Stille Nacht, heilige Nacht*, vermutlich auch *O du fröhliche*, das Repertoire aus meiner eigenen Kindheit halt. Nun packe ich die Blockflöte aus und spiele eines dieser melancholischen Weihnachtslieder, wie sie in Deutschland zur Weihnachtszeit zu hören sind: *Leise rieselt der Schnee.* Langsam wird es dem kleinen Carlos zu viel. Er wird unruhig, läuft seinem Vater hinterher, der sich gerade umzieht und sich aufs Abendessen bei seiner Schwester vorbereitet, wo die ganze große Familie Álvarez anwesend sein wird, Brüder und Schwestern mit Familie. Ich hole Carlos zurück, damit er das Geschenk öffne, das unter dem Baum (dem Ast) liegt. Da meint Ramón – das war mein erster Mann, fügte Pizca erklärend hinzu –, es sei jetzt genug, diese Lieder seien nicht auszuhalten, so fade, so langweilig. Carlos könne nachher noch lang genug singen. Marisol ist unterdessen spielen gegangen und ich sitze nun allein vor meinem leuchtenden Ast und finde Ramóns Verhalten unerhört.

Wie viele Heiligabende habe ich schon mit seiner Familie verbracht, sage ich mir, wo stundenlang gegessen, getrunken und anschließend Villancicos (Volkslieder) gegrölt werden, die Kinder vor Erschöpfung lange nach Mitternacht auf irgendeinem Bett einschlafen, die Brüder und Schwager diskutieren, während die Schwestern und Schwägerinnen den Tisch abräumen und Kaffee mit Turrón und Polvorones bringen, wo mir doch die Weihnachtskekse, wie sie meine Mutter gebacken hat, viel lieber sind! Geschenke gibt es auch keine, die kommen erst am Dreikönigstag. Wenn ich meinen Kindern schon die große Überraschung mit dem von Wunderkerzen sprühenden Weihnachtsbaum nicht bieten kann, dann doch zumindest diesen kleinen Ersatz und ein wenig andachtsvolle Stimmung beim Singen im Kerzenschimmer, mit den leuchtenden Kugeln am Tannenast und der Verlockung der Geschenke, die darauf warteten, ausgepackt zu werden. Eine kleine Ahnung des wunderbaren Geruchs, wenn die Feier zu Ende ist und die Kerzen ausgeblasen werden. Ich bin gleichzeitig furchtbar wütend, sehr traurig und schrecklich enttäuscht über das Verhalten Ramóns, der in keiner Weise zu ahnen scheint, was mir dieser Moment bedeutet. Er begibt sich mit dem Kleinen ins Kinderzimmer, um ihn für das Abendessen anzuziehen und scherzt mit ihm zusammen auf Kosten der Mutter.

Ich ziehe mir eine warme Jacke über und gehe in die Dunkelheit hinaus, immer weiter, die Straße hinunter, ein paar Mal um das Quartier herum, bis mir kalt wird und ich mich in einer Bar an die Theke setze und mir einen Whisky bestelle. Es ist die einzige Bar, die jetzt noch geöffnet hat. Ein paar wenige Männer sitzen drin, der Fernseher läuft und ich brüte vor mich hin. Innerlich koche ich noch immer, allerdings schon etwas weniger. Der Gang im kalten Abend hat seine Wirkung getan. Und ich schwöre mir, dass ich an Heiligabend in einem Jahr nicht mehr mit Ramón zusammen in diesem Häuschen leben würde. Dann gehe ich zurück, ziehe mich um und bereite mich darauf vor, das Abendessen und die fröhliche Familie über mich ergehen zu lassen. Mein Mann scheint meine Abwesenheit nicht bemerkt zu haben. Zumindest tut er so.

Pizca schaute Anna erwartungsvoll an. Diese war perplex. Das war doch genau dasselbe Muster wie im ersten Whiskytraum! Und sie sagte es Pizca.

Tja, meinte diese entschuldigend, ich kann auch nichts dafür, dass sich meine Träume wiederholen, zumindest was die Whisky-Eskapaden anbelangt. Immerhin habe ich diesmal meine Absicht im Traum in die Tat umgesetzt und mich getrennt. Na ja, eigentlich war ich schon von meinem Mann geschieden, als ich das träumte. Es war umgekehrt, zuerst die Trennung, dann der Traum.

Die Leiche im Abfallsack

Gonzalo hatte erfahren, dass Anna Träume sammelte, und wollte seinen Teil beisteuern.

Wollt ihr wissen, was ein Müllmann träumt?, fragte er mit seinem lauten Bass an der Theke der Bar, wo sich wie immer ein paar Durstige des Chores nach der Probe eingefunden hatten, Javier und Federico, seine zwei Kollegen vom Bass, beide groß, aber mit weniger stattlichem Bauch als er, Pizca, Anna, Julia, aus den Sopranreihen, und Margarita, als einzige Vertreterin der Altstimmen, Tenor war keiner dabei.

Anna war natürlich sofort ganz Ohr, die anderen fuhren mit ihrem Gespräch weiter, das sich um Koloskopien, Blutanalysen und das Gesundheitswesen drehte, was Gonzalo aber nicht störte. Zwei-, dreistimmige Gespräche konnten ihn nicht beirren, sie gehörten in Madrid zur Tagesordnung und außerdem würde er sich mit seiner Stimme jederzeit Gehör verschaffen können.

Ich gehe in einem mehrstöckigen Hallenbad spazieren. Es ist einen Hügel hoch gebaut und gibt den Blick auf Madrid frei. Immer aufwärts gehe ich, und ich schaue mir die verschiedenen Schwimmbecken an. Ganz oben sind nur Männer. Aha, Schwulenecke, denke ich und geh bei der nächsten Tür wieder raus.

An dieser Stelle konnte Anna es sich nicht verkneifen, in Gedanken abzuschweifen und ein paar Überlegungen zu den Männern im Chor anzustellen. Ob es lesbische Frauen gab, wusste sie nicht, aber ihre drei großen, bassstimmigen Freunde an der Theke waren definitiv homosexuell und machten keinen Hehl daraus. Eigentlich seltsam, dass es ausgerechnet die wuchtigen Bässe sind, dachte sie, man könnte doch erwarten, dass die Homosexuellen eher unter den feinen Tenören zu finden wären. Zumindest hatte sie bei einigen professionellen Countertenören nie daran gezweifelt, dass sie Homosexuelle waren. Aber wer weiß, vielleicht täuschte sie sich auch da. Ob es wohl Statistiken über sexuelle Neigungen und die Stimmlage gab?

Gonzalo war unterdessen im Traum weitergegangen und hatte sich alle an der Theke Versammelten als Zuhörer erobert.

Zuoberst im Hallenbad habe ich Aussicht über die Stadt. Ich gehe andere Treppen wieder hinunter. Tische sind aufgestellt, nicht gedeckt, leer, ohne Tischtuch. Leute sitzen und warten, ob sie da wohl etwas zu essen kriegen. Weiter unten komme ich in einen belebten Speisesaal mit Kellnern. Plötzlich stehe ich in einer Küche und will etwas Kleines kochen. Ohne aufzufallen. Ein Teller steht da, mit Blut darauf, oder Blutwurst.

Eine Leiche, in einen großen, schwarzen Abfallsack verpackt, wird in den Abfalleimer geworfen. Überraschenderweise öffnet der sich unten und die Leiche wird hinunter gesaugt wie in einen Schlauch, und blitzschnell wird der leere Abfallsack wieder ausgespuckt.

Alle warteten gespannt, wie es weitergehen würde, aber Gonzalo meinte nur: Der Rest war Stille.

Und er hatte es tatsächlich geschafft, dass ein Moment der Stille in der Bar eintrat. Es waren keine anderen Gäste mehr da, nur die sieben müden Sänger und Sängerinnen, die sich nun auch auf den Weg nach Hause machten.

Anna nutzte die kurze Strecke im Auto, die Pizca und sie gemeinsam mit Gonzalo zurücklegen würden, um ihre eigene Abfallgeschichte zum Besten zu geben.

Kein Traum! Pure Wirklichkeit, aber ein so absurder Irrweg, dass er einem Traum alle Ehre machen würde.

Mein Mann und ich wohnten damals in der Schweiz. Die Stadt spielt keine Rolle, es hätte in irgendeiner Schweizer Stadt passieren können.

Ein Freund aus Spanien war bei uns zu Besuch gewesen und hatte uns einen dieser typischen luftgetrockneten Schinken mitgebracht. »Pata Negra« war es wohl nicht gerade, aber trotzdem ein akzeptabler Schinken, ein ganzes Bein, Schweinefuß inbegriffen, dem wir über Wochen zu Leibe gerückt waren. Am Schluss blieb nur noch der Knochen übrig, und er war größer, als es die kantonal genehmigten Abfallsäcke waren. Mein Mann versuchte, ihn mit einer Säge zweizuteilen, schaffte es aber nicht, und ich wagte nicht, den Abfallsack mit einem oben herausschauenden Schweinefuß vor die Tür zu stellen. Also machte ich mich mit dem Bein auf den Weg, die geeignete Stelle für dessen Entsorgung zu finden. Es muss der Ökihof sein, dachte ich mir, diese große Anlage, wo man alles hinbringen kann, was entsorgt werden muss, Papier, Karton, Glas, Aluminium und Blech, aber auch Glühbirnen, Batterien, kaputte Schreibmaschinen, Geschirr, Lampen, ganze Schränke, Matratzen, Betten und so weiter. Aber keine Schweinebeine! Nein, da sei ich am falschen Ort.

»Ja, wo denn sonst?«, fragte ich und schaute ratlos auf den prächtigen Knochen in meiner Hand.

Ich solle es auf dem Werkhof versuchen, riet man mir. Mir war bekannt, dass dieser für den Unterhalt der Straßen zuständig war. Im Winter zum Beispiel war es der Werkhof, der in aller Herrgottsfrühe die Schneeräummaschinen auf die Straßen schickte, damit auch alle pünktlich zur Arbeit kämen, per Bus wie im eigenen Wagen.

Ich erinnere mich gut an diese eisigen Wintermorgen,

unterbrach Anna ihre Schinkenbein-Erzählung, und wie ich die noch im Dunkel der Nacht liegenden Schneehügel zu überqueren versuchte, welche die Schneeräummaschinen vor allen Hauseingängen aufgetürmt hatten und die nun die Einfahrten vom Gehsteig trennten, während dieser und die Straße in einwandfreiem Zustand auf die Fußgänger und den Morgenverkehr warteten. Und sollte ich mich einmal dazu entschließen, mit dem Wagen zur Arbeit zu fahren und nicht mit dem Bus, warteten nicht weniger Hindernisse auf mich, im Gegenteil. Da wir keine Garage hatten, ließ ich das Auto über Nacht auf dem kleinen Parkplatz neben unserem Wohnblock stehen. Wenn ich an diesen kalten Wintermorgen verschlafen meinen Wagen suchte, pflegte ich ihn unter einer dicken Schneedecke anzutreffen. Diese fegte ich mit einem großen Besen weg. Dann kamen die zugefrorenen Scheiben an die Reihe. Da mein Fensterkratzer hoffnungslos stumpf war, nützte alles Kratzen wenig und ich hatte mir angewöhnt, eine Flasche mit heißem Wasser hinunter zu nehmen, das ich nun über die Windschutzscheibe goss. Das Eis schmolz sofort. Aber während ich die Tür öffnete und den Motor anließ, war das Wasser schon wieder gefroren, weshalb ich eine weitere Maßnahme zu ergreifen pflegte. Diese bestand darin, erst die Tür zu öffnen, den Motor anzulassen und die Heizung auf die höchste Stufe zu stellen, sodass das Gebläse dem Eis an den Fensterscheiben zusetzte, während ich kratzte. Mit dem entsprechend schlechten Gewissen angesichts des so lange im Leerlauf brummenden Motors und der dicken Abgaswolke, welche sich in die kalte Morgenluft erhob. Und wenn ich nach all der Anstrengung endlich hätte losfahren können, wäre ich unweigerlich auf den von der Schneeräummaschine aufgetürmten hohen Schneehaufen gestoßen, der den Durchgang zur Straße versperrte, hätte ich nicht noch eine weitere Maßnahme ergriffen und vorher, noch bevor ich den Wagen vom Schnee und Eis befreite, mit der großen Schneeschaufel einen Durchgang zur Straße gebuddelt. Neben jeder Haustür kannst du im Winter in der Schweiz so eine Schaufel finden, informierte Anna ihre staunenden Zuhörer, zumindest in den höher gelegenen Regionen, wo Schneefall keine seltene Ausnahme ist. Dann steuerte ich, während ich durch einen kleinen eisfreien Spalt am unteren Rand der Windschutzscheibe spähte, meinen Wagen durch die freigeschaufelte Lücke. Das Wasser hatte nämlich bereits wieder eine dünne Eisschicht gebildet. Ich stellte das Gebläse auf Hochtouren und hoffte, die Wärme würde dem Eis definitiv den Garaus machen, bevor ich auf die Hauptstraße einbiegen musste.

Und in Madrid bricht der gesamte Verkehr zusammen,

wenn bloß ein paar Schneeflocken fallen!, meinte Pizca und Gonzalo wollte wissen, was nun mit dem Schinkenbein passiert sei. Er müsse nämlich demnächst aussteigen.

Was der Werkhof mit einem spanischen Schinkenbein zu tun hatte, konnte ich mir nicht erklären, aber ich machte mich auf den Weg dorthin. Etwas verloren stand ich mit meinem Knochen auf dem großen Platz zwischen den Gebäuden. Ein paar Männer waren damit beschäftigt, Bänke und Tische auf einen Lastwagen zu laden und kümmerten sich nicht um mich. Schließlich raffte ich mich auf und näherte mich, ihnen den Plastiksack mit dem oben hinausragenden Schweinefuß hinhaltend. Gleichzeitig berichtete ich von meinen vergeblichen Bemühungen, ihn loszuwerden. Sie schauten sich etwas ratlos an. Auf dem Werkhof sei ich am falschen Ort, meinten sie. Und erst als ich eindringlich und bereits etwas verzweifelt darauf bestand, man habe mich auf dem Ökihof an den Werkhof verwiesen, zeigte einer der Männer auf eine große Tonne: »Tun sie es da rein.« Auf dem Schild an der Tonne las ich »Tierkadaver«. Ich atmete tief ein, hob den Deckel an, verkniff mir den Blick ins Dunkel des Inneren, warf das Bein hinein und hatte trotz allem die toten Hunde, Katzen oder Füchse gesehen.

Soll ich ihn als Mensch behandeln?

Anna hatte Eva bei weitem nicht auf den neuesten Stand der sich ansammelnden Träume bringen können. Sie hatten sich in letzter Zeit wenig getroffen und ihr Mann war mit von der Partie gewesen, einmal an einem Konzert, ein anderes Mal an einer Tanzaufführung. Insgesamt keine guten Gelegenheiten, über ihr Traumprojekt zu sprechen. Auch betrachtete Anna es als eine gewisse Zumutung, Eva mit diesen Texten zu überfluten, von denen sie selber nicht wusste, wohin sie führen würden. Erst als diese einer Whatsapp die Frage hinzufügte, wie es mit den Träumen stünde, schickte sie ihr eine der Notizen. Sie wusste, der Traum würde Eva gefallen.

Der Text fehlt (Mai 2015)
Wir spielen Theater. Die Bühne ist riesig, vom Vorhang bis zum Publikum eine weite Strecke. Auf der Bühne eine Landschaft. Was spielen wir? Einige aus dem Publikum, junge Leute, sind sehr angetan vom Stück, ich höre ihre Kommentare. Sind sie hinter die Bühne gekommen?

Dann suche ich das lange Kleid. Ich weiß von anderen Aufführungen (oder von anderen Träumen?), dass ich es rechtzeitig anziehen muss, Strümpfe gehören auch dazu. Und nun kommt der große Auftritt, der entstand, während ich ihn träumte: Trümmerlandschaft. Ich renne über die Bühne, ein wichtiges Wort, das ich schreien soll, ist mir entfallen. Ich frage die, denen ich begegne, während ich Richtung Publikum über die Bühne renne.

Weltuntergang? Katastrophe? Kataklysmus? Keine Zeit zum Antworten oder Überlegen, also renne ich und schreie, die Verzweiflung wächst in mir. Tränen strömen mir übers Gesicht. Ich weine und denke: Was für eine überzeugende Darstellung! »Mami!«, rufe ich immer wieder, und: »Papi!« Jetzt bin ich an der Rampe. An einem mit Wasser gefüllten Krater lasse ich mich fallen. Jetzt muss mehr Text kommen! »Ich bin so allein«, stoße ich hervor, und noch einmal »Ich bin so allein«, mehr kommt nicht, aber das Gefühl der Trostlosigkeit, ganz allein auf der Welt zu sein, die einzige Überlebende, ist überwältigend. Echt, aber vor Publikum. Niederschmetternd ist, dass sich keine Worte einstellen. Der Text fehlt. Bloss dieses stupide »Mami, Papi, ich bin so allein.«

Ich kann mich an kein Stück erinnern, bei dem ich so ein Kleid getragen hätte, und trotzdem war die Situation nicht neu. Andere Male schon war die Zeit knapp geworden, manchmal hatte ich das Kleid sogar vergebens gesucht. Daran erinnere ich mich im Traum.

Und ja, der Text ist kläglich. Sogar im Traum sehe ich das ein und schäme mich. Angesichts des Kataklysmus rufe ich »Mami, Papi.« Und angesichts des Gefühls, dass ich ganz allein bin, sage ich: »Ich bin ganz allein.«

Während Anna den Text las, den sie der E-Mail an Eva hinzugefügt hatte, wusste sie erneut: Das war gut! Der beste ihrer Theaterträume. Nicht bloß das vergebliche Suchen nach der Lücke im Vorhang, welche auf die Bühne führte, oder die nicht auffindbaren Schuhe. Nicht bloß der vergessene Text, der natürlich ein immer wiederkehrendes Thema in diesen Träumen war. Dieser Traum hier war vielschichtiger. Es schien, als seien zwei Ich-Personen vorhanden: die Träumende, der beim Auftritt all diese Dinge zustießen, und die Träumende, die zuschaute und sich Gedanken darüber machte. Auch die Tatsache, dass die intensiven Gefühle gespielte intensive Gefühle waren, von ihr als Schauspielerin in vollem Bewusstsein des Publikums im Traum gespielt, faszinierte Anna. Sie fand, der Traum habe eine höchst exquisite Form gefunden für dieses Gefühl der Verlassenheit, das sie aus anderen Träumen nur zu gut kannte.

Eva antwortete per Whatsapp mit drei applaudierenden Händen, einem Paar hellhäutigen, einem dunkleren und einem ganz dunkelbraunen. Immer diese Political Correctness! Anna lächelte, während schon der nächste Benachrichtigungston zu hören war. Es folgte eine Einladung an eine Führung im Museum Reina Sofía durch die Ausstellung, die sie letztes Mal wegen der langen Warteschlange verpasst hatten. Genial!, antwortete Anna.

Es war nicht das erste Mal, dass Eva sie als Begleitperson an diese Führungen mitnahm, auf die sie als zahlendes Mitglied des Unterstützervereins des Museums ein Anrecht hatte. Sie warteten im Foyer auf ihren Museumsguide, als Eva ihr ein Blatt mit einigen Zeilen Text entgegenstreckte. Meine Revanche für den tollen Kataklysmus-Traum. Lies es zuhause!

Anna steckte den Zettel in ihre Handtasche, da nun die Kopfhörer mit dem Empfangsgerät ausgehändigt wurden und sie damit beschäftigt war, den Knopf zu suchen, der den Apparat in Gang setzte. Kurz darauf suchte sie das Rädchen, mit dem sie die Lautstärke drastisch reduzieren könnte, nachdem die Begrüßung der Frau – es war ein weiblicher Guide – ihr beinahe das Trommelfell zerrissen hatte. Diese lud nun die kleine Gruppe ein, ihr den Flur entlang zur Ausstellung zu folgen. Die Bilder im ersten Saal katapultierten Anna mit großer Wucht in ihre Jugend zurück. 60er-Jahre, allgegenwärtige Politisierung. Grell bunte Bilder und viel Text. *Wo stehst du mit deiner Kunst, Kollege? Lohnraub – Arbeitshetze. Hört auf zu malen ...* Anna blieb bei einem kleinformatigen Gemälde stehen, dessen Text ihre Aufmerksamkeit erregt hatte. *Träume führen nicht zum Ziel* war der Titel, mit gelber Hintergrundfarbe hervorgehoben. Das kleine Bild darunter erinnerte Anna ein wenig an die deutschen Expressionisten. Der Ausschnitt einer nächtlichen Straße mit einer dunklen Häuserzeile war zu sehen. Einzige Beleuchtung der Vollmond, der sich in den Wolken eine kleine Lücke ergattert hatte. Neben dem Gehsteig standen zwei Wagen, jeder mit seiner Parkuhr. Auf dem Gehsteig ein Mann. Mit hinter dem Rücken verschränkten Händen ging er seines Weges, in Gedanken versunken, die in einer großen (gar nicht expressionistischen) Denkblase, einer rosa umrandeten, weißen Wolke, dargestellt waren: vier rote, wehende Fahnen, Hammer und Sichel nur angedeutet in der oberen rechten Ecke. Darunter der Text:

Aktiv die Kräfte unterstützen, die die Beseitigung der Ausbeutung und den Aufbau des Sozialismus zum Ziel haben – auf der Grundlage der totalen Entlarvung des kapitalistischen Systems! Soll die künstlerische Arbeit dem Fortschritt dienen, muss sie ...

Hier wurde Anna beim Lesen unterbrochen, die Gruppe war bereits im nächsten Saal und Eva zupfte sie am Ärmel. Mit einem letzten Blick auf den Titel trennte sie sich vom Bild: *Träume führen nicht zum Ziel.* Ausgerechnet ihr musste das jemand vorhalten, und ausgerechnet jetzt. Sie kam nicht wirklich dazu, sich zu fragen, was mit ihr in den letzten vierzig Jahren geschehen war. Die Frage an sich war nicht neu, und die Antwort auch nicht. Sie war älter geworden und Revolutionen schon immer Sache von Jungen, eher von Jungen, nuancierte sie in Gedanken. Und je weiter sie voranschritten, durch die Ausstellungssäle und durch das Leben dieses Jörg Immendorff, desto klarer wurde, dass auch dieser Künstler älter geworden war und dass sich sein Verständnis von der Aufgabe des Künstlers verändert hatte.

Auf der Straße, die vom Museum aufwärts Richtung Antón Martín führte, dem Platz, wo sie sich auf ihrem Heimweg wie immer trennen würden, erzählte Eva der Freundin von ihrem ehemaligen Chef, den sie immer als »ihren Feind« bezeichnet habe. Er sei im Grunde genommen nie damit einverstanden gewesen, dass sie die Stelle bekommen habe, und habe einigen Widerstand geleistet. Und sie habe das gewusst. Zum Glück sei er nicht für die Anstellungen zuständig gewesen. Er habe sie aber schikaniert, wann immer sich eine Gelegenheit dazu bot. Dann sei er zu ihrer Erleichterung einer anderen Abteilung zugeteilt worden. Von da an hätten sie sich gemieden. Da sie aber in derselben Firma arbeiteten, seien sie einander trotzdem immer wieder begegnet, an Weihnachtsessen, in Weiterbildungskursen, ja, selbst in der Kantine, aber über ein trockenes »Guten Morgen« seien sie nie wieder hinausgekommen. Und der Traum, den ich dir gegeben habe, handelt von ihm, sagte Eva. Ausgerechnet jetzt, wo ich pensioniert worden bin, muss ich von dem träumen!

Und, fragte Anna, ist es ein erotischer Traum?

Eva wies das energisch von sich. Nicht mal im Traum wäre ich mit ihm ins Bett gegangen! Wie kommst du darauf?

Anna lachte: Ich hatte ab und zu erotische Träume von meinen Chefs, mit denen ich nicht im Traum ins Bett gegangen wäre. Und sie auch nicht mit mir, denke ich. Einer war zum Beispiel verheiratet, mit einem Mann. Aber ich habe erotische Träume nie aufgeschrieben. Zumindest bin ich unter all den Traumnotizen, die ich gefunden habe, auf keinen gestoßen. Soweit ich mich erinnern kann, waren sie auch nicht wirklich erzählbar, da sie in der Regel vor allem aus intensiven Lustgefühlen bestanden. Du weißt schon, die Gefühle, die sich einstellen, bevor es zu konkreten Handlungen kommt. Dann, wenn es klar ist, dass beide Partner sich begehren. Im Traum konnte sich das lange hinausziehen. Über ein ganzes Festessen zum Beispiel, mit Kollegen und Kolleginnen, die aber keine Ahnung hatten, wie es zwischen uns knisterte. Dieses geteilte Begehren, diese Vorfreude nahmen den ganzen Traum in Beschlag und waren höchst lustvoll. Meist bin ich dann aufgewacht und konnte das Echo der Lust noch fühlen. Manchmal versuchte ich, gleich wieder einzuschlafen, damit es weitergehen könne, oder die Traumfantasie im warmen Bett bewusst weiterzuspinnen, aber das habe ich nie geschafft.

Und immer mit einem Chef?, wollte Eva wissen.

Ach wo, winkte Anna ab, es konnten auch Arbeitskollegen sein, einmal war es ein Reiseführer, oder einfach ein Mann, der vom Traum nicht weiter ausstaffiert wurde. Aber sicher nie ein Freund oder der Mann, der gerade meiner war.

Als sie auf dem Platz von Antón Martín eintrafen, war es dunkel geworden. Im Portal der BBVA, der Großbank aus Bilbao, war die Matratze des Obdachlosen, der dort zu nächtigen pflegte, bereits ausgebreitet. Ein Bündel Wolldecken und eine Plastiktüte, wohl mit aus Abfallcontainern zusammengesuchtem Essbaren, lagen darauf. Anna war sich nicht sicher, ob es immer dieselbe Person

war, die dort schlief. Wenn sie zu später Zeit vor-
überging, war die dort liegende Gestalt von Kopf bis Fuß
mit großen Wolldecken zugedeckt. Einmal hatte sich der
oder die Obdachlose sogar eine Kartonschachtel über den
Kopf gestellt, so dass den Vorbeigehenden der Blick auf
das schlafende Gesicht versperrt war. Eine Minimalversi-
on von Intimität. Annas Gefühle diesen Gestalten gegenüber waren durchaus gemischt. Es schauderte sie bei der
Vorstellung, kein Dach über dem Kopf zu haben, sich
nirgendwohin zurückziehen zu können, keine warme
Stube, kein WC, keine Dusche. Und sie bedauerte diese
einsamen Gestalten. Und wenn es junge, schwarzhäutige
Männer waren, noch mehr. Dann verlor sie sich in Gedanken an deren mögliche Lebensgeschichten. Die Heimat im heißen Afrika, die Aussichtslosigkeit, je für den
Unterhalt einer Familie aufkommen zu können, der ge-
fährliche und oft auch teure Weg nach Europa, die damit
verbundene Hoffnung, und dann das! In einem schmutzigen, kalten Eingang einer Großbank liegend, Nacht für
Nacht, und tagsüber wer weiß wo.

Andererseits stieß sie der Müll, der sich bei dieser
Ecke ansammelte, jedes Mal ab, wenn sie morgens dort
vorbeiging. Schmutzige Plastikschachteln mit Essensres-
ten, leere Bierflaschen, Spuren von Urin an der Wand,
Ausgekotztes am Boden. Sie wandte den Blick ab und

vermied es einzuatmen. War es ein Vorurteil, wenn sie annahm, dass die jungen Schwarzen nicht dafür verantwortlich waren? Dass es alkoholisierte Clochards waren, Obdachlose aus Überzeugung? Handkehrum schien es ihr völlig verständlich, dass jemand, der sich von der Gesellschaft ausgeschlossen fühlte, auf die Straße gestellt im eigentlichen Sinn des Wortes, sich keinen Deut um die delikaten Sinnesorgane der Anwohner scherte, die frisch geduscht und gefrühstückt aus ihren geheizten und auf Hochglanz polierten Wohnungen traten. Schlimmer noch, und absolut unverständlich, schienen ihr die nachts umherziehenden Betrunkenen, die ebenso gut für den Urin, die Kotze und die Essensreste an jener Ecke verantwortlich sein konnten. Zumal diese danach in ihre sauberen Wohnungen zurückkehrten. Oder in die Wohnungen ihrer Eltern.

Anna hatte ab und zu mit dem Gedanken gespielt, einen Obdachlosen zum Frühstück einzuladen, nach Hause, oder ihm eine warme Dusche zu offerieren, und diesen Gedanken im gleichen Atemzug wieder verworfen. Lächerlich, sich als Wohltäterin aufspielen zu wollen. Auch die Idee, einer Flüchtlingsfrau mit Kindern fürs Erste ein Obdach anzubieten, gehörte zu dieser Kategorie: Naives Gutmensch-Gebaren, sagte sie sich. Und wenn der Obdachlose stinkt? Und wenn er sie für sein Elend mitverantwortlich macht? Wenn er mehr will als bloß eine Dusche? Oder schlimmer noch: Wenn er sich in ihrer Wohnung verstohlen nach Gegenständen umsieht, die zu klauen es sich lohnen würde? Und wenn die Flüchtlingsfrau ihr Essen nicht mag? Und wenn ihre Kinder das Parkett beschädigen? Und wenn sie ihre Verwandten nachkommen lassen will? Und dann schämte sie sich für ihre kleinbürgerlichen Ängste.

Eva erging es nicht viel anders. Jeden Morgen komme sie an dem Mann vorbei, sagte sie, der am Zebrastreifen bei der Ampel auf einem kleinen Hocker sitze und jedes Mal sage: »Eine kleine Hilfe, bitte!« Und sie ignoriere ihn einfach.

Was soll ich denn tun?, fragte sie. Ich traue mich nicht einmal, stehen zu bleiben, um das Plakat zu lesen, das er sich an die Brust gehängt hat. Soll ich ihm jeden Morgen einen Euro geben? Oder einmal eine Zehnernote in die Hand drücken? Oder soll ich ihn als Mensch behandeln, bei ihm stehen bleiben und ihn fragen, wie es denn soweit gekommen sei? Und jeden Tag stehen bleiben und mich ein bisschen mit ihm unterhalten? Was meinst du, was wäre ihm lieb?

Anna schüttelte nachdenklich den Kopf. Jeden Tag zehn Euro? Keine Ahnung.

Sie empfinde es bis zu einem gewissen Grad beinahe

aggressiv, meinte Eva, dass der Mann immer noch sage: »Eine kleine Hilfe, bitte!« Wenn er doch aus Erfahrung wisse, dass sie nichts gebe. Würde er sie in Ruhe lassen, wenn sie ihm einmal etwas zustecken würde?

Das kann ich dir aufgrund einer einschlägigen Erfahrung sagen, entgegnete Anna. An der Ecke gleich neben meiner Haustür stand eine Zeit lang ein junger Schwarzer. Da er so fröhlich in die Welt schaute und auch sonst eine angenehme Erscheinung war, gab ich ihm ein paarmal Geld, ein paarmal kaufte ich ihm auf seinen Wunsch bei Carrefour etwas zu essen. Nachdem ich ihm wieder einmal fünf Euro gegeben hatte, und ein paar alte Skihandschuhe und einen warmen Schal (gebraucht), sagte ich ihm, dass er mich nicht jedes Mal anbetteln solle, wenn ich vorübergehe. Er konnte nämlich sehr aufdringlich sein. Ich hatte mich schon dabei ertappt, dass ich einen Umweg machte, bloß um nicht an ihm vorbeizukommen. Es nützte alles nichts, er ließ sich nicht davon abhalten, mir seinen leeren Plastikbecher hinzuhalten, mich mit seinem wohl trainierten Hundeblick treuherzig anzuschauen, ja, mir sogar die Straße hinunter zu folgen.

Manchmal war er für ein paar Monate weg, dann erzählte er, er habe arbeiten können. Mit ihm ließ ich mich nämlich ab und zu auf einen kleinen Schwatz ein. Ich hatte mir auch schon ausgemalt, wie ich ihn für gewisse

Arbeiten engagieren könnte, Fensterputzen und so. Aber dann war mir die Idee, ihn in die Wohnung zu bringen, wieder unangenehm. Wie der das wohl auslegen würde? Ältere Dame schleppt jungen Afrikaner in ihre Wohnung?

In der Nähe der Ecke, wo er zu stehen pflegte, gibt es ein Café mit hervorragenden Croissants. Wenn ich da hineinging, vergewisserte ich mich zuerst, dass er nicht an seinem Platz stand oder dass er gerade nicht hinschaute. Dann wiederum schimpfte ich deswegen mit mir selber. Einmal fragte er mich gerade heraus, ob ich ihn nicht in ein Café zum Frühstück einladen wolle. Das täten nämlich viele. Vor allem Touristinnen. Ich stellte ihn mir lebhaft vor: Plaudernd, lachend, seine weißen Zähne zeigend und mit einer älteren Dame aus Deutschland flirtend, oder einer fetten Engländerin. Das fand ich nun allerdings eine Zumutung. Anna hielt inne. Meinst du, es war Eifersucht?

Eva musste aus vollem Hals lachen.

Nun sind es schon Monate her, dass ich ihn nicht mehr an der Ecke sehe. Vielleicht hat er endlich eine dauerhafte Arbeit gefunden.

Oder eine ältere, dürre Schwedin geheiratet, meinte Eva. Aber nun ab ins warme Bett!, sagte sie mit einem Seitenblick auf die Matratze im Bankeingang. Und dann liest du meinen Traum vom Chef!

Mit den Fingern in meinem Text!

Ich schreibe mit einem Textverarbeitungspro-
gramm, das es ermöglicht, am Ende der Zeile eine
nach oben zu springen und dort von rechts nach
links zurück zu schreiben. Irgendwie gefällt mir
das. Aber man darf es in einer Prüfung nicht tun.
Das sagt mir mein Chef. Und ich bin in einer Prüfung. Er erwischt mich, als ich es gerade wieder
tue. Ich weiß nicht, warum. Tue ich es, weil er mich
bei etwas anderem erwischt hat und ich davon ablenken will? Oder weil ich damit sonst einen Vorteil
erziele? Auf alle Fälle schreibe ich sicher eine halbe
Zeile zurück. Da fährt der Chef dazwischen. Das
gehe nicht. Und er greift mit den Fingern in meinen
Text. Auf dem Bildschirm sind jetzt kleine, aneinan-
dergereihte Quader zu sehen, auf denen jeweils ein
Buchstabe steht. Die rückwärts geschriebene halbe
Zeile bringt er mit seinen Fingern, die zwischen
den Quadern herum fahren, völlig durcheinander.
Und zur Strafe auch noch die darüberstehenden
Zeilen. Nun muss ich das alles wieder neu schrei-
ben. Ist mir doch egal, denke ich, ich mache die
Prüfung ja eh nicht. Oder: Ich muss mich dieser

Prüfung gar nicht aussetzen, wenn ich nicht will.

Das konnte nicht gewesen sein

Es gab Träume, von denen Anna wusste, dass sie sie geträumt hatte. Daran erinnerte sie sich mit größter Gewissheit, obwohl es keinerlei Aufzeichnungen gab. Der selt-
samste dieser Träume war wohl jener, an dessen Inhalt
sie sich so erinnerte, als ob er sich tatsächlich ereignet
hätte. Jedes Mal gefolgt von der Gewissheit, dass es sich
unmöglich so zugetragen haben konnte. Sie fragte sich
manchmal sogar, ob der Traum nicht gerade darin bestanden habe, dass sie sich (im Traum) an diese Ereignisse erinnerte und gleichzeitig wusste, dass sie nicht der
Wirklichkeit entsprachen.

In diesem Traum oder in dieser Erinnerung war ihre
Mutter sehr, sehr krank im Pflegeheim, ihr Tod wurde jederzeit erwartet. Sie erinnerte sich an die Besuche dort,
an die anderen betagten Patienten, sowie an den Stress,
rechtzeitig hin und wieder zurück zu ihren sonstigen
Verpflichtungen zu kommen. Dann genas die Mutter
aber vollständig und war wieder mit dabei auf den Ausflügen und Familienfeiern. Mit Annas Schwester, deren
Tochter und ihr selber. Und sie schaute ihre Mutter an,
wie sie strahlte, wie sie aktiv war und gut auf den Beinen. Wer hätte das gedacht, dass sie wieder so quickle-

bendig würde! Und für so lange Zeit! Was für ein Glück!

Das musste sie mehrere Male geträumt haben. Oder war es immer wieder die Vergegenwärtigung eines einmaligen Traums? Und sie versuchte, sich an diese Zeit, an diese Genesung, die ihnen noch so viele schöne gemeinsame Jahre beschert hatte, zu erinnern. Und jedes Mal musste sie sich eingestehen, dass es ein Traum gewesen sein müsse. Ihre Mutter war im Pflegeheim gewesen, ja, und gegen Ende war sie sehr krank, ja, und sie besuchte sie fast täglich, ja. Das Pflegeheim aus diesem Traum hatte aber keinerlei Ähnlichkeiten mit jenen zwei, wo ihre Mutter in Wirklichkeit gewesen war. Auch keinerlei Ähnlichkeiten mit den Personen und Situationen. Und ihre Mutter war nach drei Jahren, nach einem unaufhaltsamen Prozess des Zerfalls, im Pflegeheim gestorben.

Seltsam war, dass sie keinerlei Erinnerung an diesen Traum als solchen hatte. In ihren Traumnotizen war er nicht aufgetaucht. Er tauchte immer nur auf als Erinnerung an etwas tatsächlich Erlebtes, was aber unmöglich war. So intensiv, dass sie schon drauf und dran gewesen war, ihre Schwester über die wunderbare Genesung der Mutter zu befragen. Natürlich tat sie es nie, aber sie musste sich immer wieder die faktischen Ereignisse vor Augen führen, sich sozusagen in ihrer Vorstellung in den Arm kneifen, um ihre Gewissheit zu bestätigen, dass die drei Jahre im Pflegeheim und die fortschreitende Demenz und Gebrechlichkeit ihrer Mutter mit deren Tod geendet hatten.

Eine andere seltsame Szene zwischen Traum und Wirklichkeit hatte mit ihrem Bruder zu tun und Anna neigte zu der Überzeugung, dass es sich dabei um eine halluzinatorische Erfahrung handeln musste. Die einzige in ihrem Leben respektive die einzige, an die sie sich erinnern konnte.

Sie lebte schon viele Jahre in Madrid, ihr Sohn war sieben Jahre alt, der ihres Bruders vier. In jenem Sommer hatten sie gemeinsame Urlaubspläne gemacht. Sie hatte das Ferienhäuschen einer Arbeitskollegin gemietet, im Dorf Zahara de los Atunes, fast direkt am Strand gelegen. Er flog mit seinem Sohn nach Madrid, und dort mieteten sie ein Auto und fuhren zusammen mit den beiden Kindern in den Süden nach Zahara. Anna war sehr glücklich über dieses Beisammensein, hatte sie doch ihren Bruder in letzter Zeit selten getroffen. Sie wohnten weit weg voneinander und hatten, abgesehen von ein paar Familientreffen bei ihrem Vater, kaum Kontakt miteinander. Sie war sich nicht sicher, ob ihr Bruder dieses Glücksgefühl mit ihr teilte, da ihre Beziehung im Grunde genommen eher angespannt war, sehr zu ihrem Bedauern. Nun aber würden sie zwei Wochen zusammen verbringen, dachte sie zufrieden, als sie den Pass hinunterkurvten, der Andalusien vom zentralen Hochland, der Meseta, trennt. Ihre Mutter würde ein paar Tage später ankommen, zusammen mit ihrer dritten Enkelin, der Tochter von Annas Schwester, die leider nicht mit von der Partie sein konnte.

Am ersten Morgen gingen sie zusammen am Strand joggen, und wieder fühlte Anna sich sehr glücklich in der Begleitung ihres älteren Bruders. Die beiden Jungen ließen sich nach dem Mittagessen problemlos zu einer Siesta überreden. Das Meer, der Wind, die Spiele am Strand hatten sie müde gemacht. Auch Anna und Jan zogen sich in ihre Zimmer zurück. Im Halbschlaf hörte Anna plötzlich Schritte, die sich vorsichtig ihrem Bett näherten. Sie wusste, es war ihr Bruder, und sie stellte sich schlafend. Jan trat näher, beugte sich über sie und küsste sie sanft auf die Wange. Dann entfernte er sich leise. Sie genoss den Moment enorm. Und jedes Mal, wenn sie sich daran erinnerte, wusste sie, das konnte nicht gewesen sein, das war eine Halluzination.

Die Tage danach bestätigten die Problematik ihrer Beziehung. Am dritten Tag nämlich war Anna es müde, den Einkauf, das Kochen und den Abwasch für die vier allein zu erledigen und bat ihren Bruder, das Geschirr vom Mittagessen, das wieder einmal stehen geblieben war, zu spülen, während sie das Abendessen kochte. Da rastete er aus. Das habe ihm gerade noch gefehlt, wieder so ein Frauenzimmer, das nichts Gescheiteres wüsste, als ihn herumzukommandieren! Und so weiter. Anna rechtfertigte sich, machte alles nur noch schlimmer und dann schrien sie sich eine halbe Stunde lang in der Küche an, während die beiden Kinder völlig verängstigt an der Tür standen. Jan wollte sofort mit dem Kleinen in ein Hotel ziehen, um ja nicht mehr mit solch kleinlichen Vorwürfen konfrontiert zu werden, ließ es dann aber ohne erklärten Grund bleiben. Und so traf ihre Mutter sie am nächsten Tag in der Ferienwohnung an: Jan eher mürrisch, Anna erfreut über die Gesellschaft der Mutter und der Nichte. Die Ferienwoche ging dann ohne weitere Streitigkeiten über die Bühne. Die zwei Cousins vergnügten sich mit der älteren Cousine am Strand, auf den Ausflügen, ja selbst in der abendlichen Freiluftdiskothek. Die Mutter und Anna teilten sich die Hausarbeit und überließen Jan seinem düsteren Schweigen.

Aber ich habe diese Tage nie mehr vergessen, schloss Anna, als sie während eines gemeinsamen Abendessens Eva von diesem Urlaub erzählte. Wegen jener Halluzination und wegen jenes heftigen Streits, der unsere Beziehung für immer geprägt hat.

Eva reagierte mit einer jener Erklärungen, die sie als

ausgebildete Psychologin natürlich auf Lager hatte: Freud mit seiner Formel, der Traum sei die verkleidete Erfüllung eines unterdrückten, verdrängten Wunsches, würde sagen, dass du deinen Bruder sehr geliebt haben musst. Schließlich sind Halluzinationen traumähnliche Vorkommnisse.

Aber ihr ironischer Unterton war unüberhörbar.

Anna stellte sich taub und entgegnete, sie habe sich nach jener Vision tatsächlich oft gefragt, wie weit ihre Liebe zum älteren Bruder denn gehe und ob es sich um einen inzestuösen Wunsch gehandelt habe.

Eva winkte ab: Als Psychologin entgegne ich dir, dass solche Fragen wenig bringen.

In diesem Fall müsse sie ihr zustimmen, sagte Anna. Zwar habe sie noch einige heftige Streite mit ihrem Bruder ausgefochten, aber er sei vor beinahe zehn Jahren gestorben, sehr plötzlich und sehr früh ...

Das tut mir leid, sagte Eva.

... und sie könne nicht feststellen, dass diese problematische Beziehung sie weiterhin belaste, meinte Anna. Belastet habe sie eigentlich immer nur das Benehmen ihres Bruders bei den Familientreffen, das oft zu explosionsartigen Streitigkeiten geführt habe. Vermutlich sei er es gewesen, der ein Problem mit ihr als jüngerer Schwester gehabt habe. Denn schliesslich habe sie den Königsthron des Erstgeborenen nach vierjähriger Regentschaft gehörig ins Wanken gebracht. Und ihre Eltern hätten das Ihre dazu beigetragen. »Schau mal! Das Schwesterchen! So klein! Und sie macht schon alles besser als du!«, parodierte Anna und schaute Eva lächelnd an. Die Familientreffen sind in letzter Zeit viel ruhiger geworden, fügte sie hinzu, und nach einer kurzen Pause: Es waren auch fast immer Beerdigungen. Jetzt bleiben nur noch meine Schwester und ich, und natürlich die Jungen und ihre Kinder, aber die haben ihre eigenen Geschichten.

Eva saß schweigend am Tisch und fingerte gedankenverloren an ihrer Gabel herum. Eine Freundin habe ihr vor langer Zeit von einer seltsamen Halluzination erzählt, begann sie, fuhr aber nicht weiter.

Ja, und?

Sie habe es nie weitererzählt, weil die Angelegenheit wenig erfreulich und damals auch so halb illegal war.

Eine Abtreibung?, fragte Anna.

Genau. Meine Freundin hat mir erzählt, wie sie im Wartezimmer gesessen habe, neben anderen Frauen, einige in Begleitung ihrer Männer. Sie habe das Interview mit dem Psychiater bereits hinter sich gehabt, eine wichtige Hürde im Hinblick auf ein mehr oder weniger legales Vorgehen. Auch mehrere Papiere habe sie unterschrieben. In jener Klinik, einer Abtreibungsklinik, sei alles unter einem Dach gewesen, Psychiater und Frauenärzte und was es sonst noch alles gebraucht habe, sie könne sich nicht mehr gut erinnern, meinte Eva. Nun saß sie also dort, die Freundin, und wartete, dass sie an die Reihe käme, und auch, dass der Freund endlich erscheine, dessen Suche nach einem Parkplatz sich in die Länge zu ziehen schien. Man hatte ihr den ganzen Ablauf geschildert, der sie erwartete. Wie sie nun so allein da saß, habe ihre Freundin erzählt, hörte sie plötzlich ein Kind weinen. Ein ganz kleines Baby muss es gewesen sein. Und es weinte vor sich hin, in einem leisen, hohen Ton. Und sie war überzeugt, dass es ihr Baby war, das sie im Bauch trug.

Wow, war alles, was Anna zuerst sagen konnte. Dann, ein wenig später: Und?

Tja, dann kam ihr Freund und sie wurde kurz darauf ins Behandlungszimmer gerufen.

Weißt du, warum deine Freundin abtreiben wollte?

Eva fingerte weiterhin an der Gabel herum. Da waren mehrere Gründe, antwortete sie, alle nicht sehr zwingend, aber sie hat sich dazu entschlossen. Ausschlaggebend war wohl, dass der Freund das Kind nicht haben wollte. Er steckte noch in einem schwierigen Trennungsprozess, hatte zwei Kinder und, ich glaube, ein schlechtes Gewissen seiner Frau gegenüber, die er vor nicht allzu langer Zeit verlassen hatte. Und meine Freundin fühlte sich völlig überfordert von der Idee, zusätzlich zu ihrer sechsjährigen Tochter noch ein Baby zu betreuen, und das neben der Arbeit. Sie musste schließlich ihren Lebensunterhalt selber verdienen. Tja, und dann hat sie es halt getan.

Anna hätte gerne gewusst, wie es der Freundin später ergangen war, aber sie getraute sich nicht, weiter in dem Thema herumzustochern. Eva schien sich dabei nicht recht wohl zu fühlen. Deshalb nutzte sie die Gelegenheit, dass ihre Serviette wieder einmal verloren gegangen war, hob die Tischdecke an und hielt auf dem Boden danach Ausschau.

Eigentlich wollte ich dir heute von Anfang an etwas ganz Bestimmtes zeigen, sagte sie, während sie sich bückte. Als sie mit der zurück eroberten Serviette auftauchte, hatte sie schon angefangen weiterzusprechen: Etwas, das mit der nebelhaften Grenze zwischen Traum und Wirklichkeit zu tun hat. Dann sind wir halt ein wenig ins Erzählen gekommen. Schau! Es ist umwerfend!, und sie legte, nachdem die Teller abgeräumt waren, eine hellblaue Zeitschrift auf den nun leeren Platz vor Eva. *Schulblatt, Stadt Zug. Nr.1, Januar 1995.* Eva schaute sie etwas ratlos an und studierte dann das Inhaltsverzeichnis auf Seite drei. *Die Schulen der Zukunft ohne Hektik und mit*

Sorgfalt gestalten, von Walter Suter, Erziehungsrat des Kantons Zug, las sie und hob die Augenbrauen: Diesen Artikel meinst du wohl nicht, oder?

Weiter unten!, drängte Anna ungeduldig.

Morgengrauen, von Anna Lenz.

Aha, ein Artikel von dir! Gratuliere!

Es ist eine Erzählung. Ja, die musst du lesen. Anna hob entschuldigend die Schultern. Aber wart mal, vielleicht liest du besser zuerst den Leserbrief, der im Anschluss daran am 26. Januar in der Zuger Zeitung veröffentlicht wurde. Ein ehemaliger Kollege hat ihn im Archiv der Zuger Bibliothek wieder aufgestöbert: *Heldin im Morgengrauen?* lautet der Titel. Sie gab Eva ihr Handy mit dem Foto der Leserreplik und diese begann zu lesen:

Eine Lehrerin kehrte im letzten Moment aus den Sommerferien zurück, obwohl sie eine neue Klasse übernehmen musste. Sie kam deswegen zu spät ins Klassenzimmer und hatte weder Papier noch eine Liste der Schüler. So musste sie die Klasse wieder verlassen, um das Vergessene zu suchen und hatte (mit dem Kopf noch in den Ferien) nachher Mühe, die inzwischen ungebärdig gewordenen Schüler zu bändigen.

Ihr Mangel an Pflichtbewusstsein und Verantwortung störte die Lehrerin so wenig, dass sie daraus ein Unterhaltungsstück für das *Schulblatt der Stadt Zug* zu machen versuchte. Hätte sie sich wirklich »erbarmungslos« kritisiert, wie sie schreibt, dann hätte sie beschämt geschwiegen und wäre um jeden froh gewesen, der ihre Gleichgültigkeit gegenüber Schülern und Schule nicht kannte.

Und das *Schulblatt*? Publizierte es die Antireklame, weil es sie lustig fand, oder wollte es etwa den Ist-Zustand der Schule zeigen? Wir können nur hoffen, dass die anderen Lehrerinnen und Lehrer besser sind.

Elisabeth R. Dürst, Oberwil

Aha, meinte Eva, und die Lehrerin bist du?

Genau, antwortete Anna triumphierend.

Dann lass mal schauen, was du in dem Artikel geschrieben hast.

Weißt du was, sagte Anna, nimm die Zeitschrift mit nach Hause und lies ihn in aller Ruhe. Es dauert nämlich ein bisschen.

Eva steckte das *Schulblatt* in ihre große Tasche, sie bezahlten und machten sich auf den Heimweg. Der Eingang der BBVA war leer. Es musste selbst dem Obdachlosen zu kalt geworden sein. Ob er wohl einen besseren

Unterschlupf gefunden hatte?, fragte sich Anna und duckte sich unter ihren Regenschirm. Diesmal hatten sie beide einen dabei.

Morgengrauen

Ferienende, Schulanfang, lockere Stimmung im Lehrerzimmer. Aber das kommt mir gar nicht gelegen. Ich suche verzweifelt Zeichnungspapier für die Namenskärtchen, schließlich kenne ich meine Schüler noch nicht. Über die Ferien sprechen – »Hallo, wie war's denn in New York?« – wäre jetzt angebracht. Kollege R. hat eine neue Frisur, Haare in die Stirn. Sieht gut aus, aber soll ich es jetzt sagen? »Hast du Zeichnungspapier?« statt »Hübsch siehst du aus.« Auch L. ist da, braungebrannte Beine, Mini wie noch nie. Im Schrank ist das Papier nicht, alles nur farbig oder dünn oder zerschnitten. Sie ist heute viel weniger geschminkt als sonst. Kollegin V. sehe ich irgendwo geschäftig im Hintergrund, auch andere sind da. Es gibt keine Eröffnungsansprache in der Aula. Wie gesagt, dieses Jahr geht es locker zu, jeder mit seinen Schülern.

Ohne Zeichnungspapier muss ich also gleich zu meiner Klasse, schon jetzt eine Viertelstunde zu spät. Ich kann mich nicht einmal entschuldigen, denke ich noch auf dem Flur, die verstehen ja kein

Wort Deutsch. Da sehe ich sie schon vor mir, von hinten zunächst, die Schulzimmertür ist nämlich hinten im Zimmer. Von meiner schön bereit gestellten Tischordnung ist keine Spur mehr zu sehen. Die hat man irgendwie zusammengedrückt und danach alte Schülerpulte hinzugefügt. Aber das habe ich eigentlich erst später gesehen, zuerst sehe ich nur eine Masse von Schülern.

»Guten Tag, mein Name ist Lenz«, so habe ich beginnen wollen. Jetzt aber drücke ich erst einmal meine Überraschung, meinen Schrecken, meine Ratlosigkeit, mein absolutes Nichteinverstandensein mit der Situation, mit ihnen also, meinen Schülern, aus, durch Gesten, Seufzer und alle erdenklichen Atemvariationen. Dies genügt wohl, um einen trotz der chaotischen Situation eventuell vorhandenen Willen zu diszipliniertem Verhalten beim größten Teil der Schüler sofort zum Erlöschen zu bringen. Und prompt werde ich eklig und beginne zu drohen: »Hier sind zu viele. Wer nicht zuhört, kann gleich wieder nach Hause«, und Ähnliches. Einige schauen mich erschrocken an, die meisten verstehen nichts, außer dass ich schlechter Laune bin.

Allmählich bilden sich nun aus dieser Masse von

Schülern spontane Kleingruppen, die sich zusammensetzen, plaudern oder mich anstarren und zusammen lächeln oder Pause machen und ausruhen. Ich versuche unterdessen, sie zu zählen. In der vordersten Reihe komme ich bis achtzehn. Weiter zähle ich nicht, hinten ist es zu unruhig, dauernd wechseln sie die Plätze. Achtzehn genügt mir, alles andere ist sowieso zu viel. Ich bin entschlossen, mit dem Unterricht zu beginnen. »Schreibt möglichst viele Wörter, die ihr auf Deutsch kennt, auf ein Blatt.« Das war meine Idee. Aber zuerst müssen sie mir ja zuhören, zuerst muss ich sie sozusagen »sammeln«. Also rufe ich: »Wer versteht schon etwas Deutsch?« Fünf streckten auf. Einige ratlose Gesichter, ein Moment des Innehaltens, und schon wieder beraten sie, plaudern sie, stehe ich auf verlorenem Posten.

Namenskärtchen zu schreiben wäre jetzt gut. Ich brauche unbedingt Zeichnungspapier. Die Klasse kann ich problemlos verlassen, die merken gar nichts.

Beim Materialchef R. sind auch ziemlich viele Schüler, sicher achtzehn. Ich suchte mit den Augen meine Ehemaligen. Emir ist da und blickt verlegen vor sich hin, Almedin lächelt mir zu, und sonst noch wer. Nicht gerade viele. Unterdessen hatte mein Kollege mehrere Pakete geöffnet, aber alle Blätter sind entweder kariert oder voller Linien, wie Buchhaltungspapier. Ein paar Streifen Karton findet er noch, aber bereits zu schmal geschnitten. Vielleicht haben die meisten selber Schreibpapier mitgebracht, sollen sie die Namenskärtchen doch damit machen. Die stehen zwar nachher nicht auf dem Pult und sind auch nicht so hübsch, wenn einfach jeder irgendeinen Fetzen Papier nimmt.

Unterdessen ist Kollege T. bei meiner Klasse, im Jazzman-Look, Schlapphut, lässige Jeans, lockeres Hemd, spielt ihnen etwas auf dem Saxophon vor. Er ist bei bester Laune, blinzelt mir zu und tänzelt. Nur schnell vorbeigeschaut, er habe nämlich zurzeit keine Klasse, arbeitslos. Einige Schüler aus seiner vorigen Klasse sind wieder dabei. Überhaupt kann ich mich des Eindrucks nicht erwehren, dass hier Schüler aus allen letztjährigen Klassen sind. Aber ich kenne sie zu wenig, sie tauchen auch immer wieder in der Masse unter. Nur das Gesicht von Gianni ist unverwechselbar, und der ist doch bei Kollege H. gewesen. Mit seiner musikalischen Einlage schafft es Kollege T., die Klasse zu faszinieren. Also suche ich weiter nach dem Papier. Im

Schrank ist noch die Unordnung vom Schuljahresende, so schnell bin ich aufgebrochen, so spät zurückgekehrt. Vielleicht kann ich aus all dem meine Namenskärtchen zusammenkramen. Ein bisschen ärgert es mich schon, dass T. hier seine Show abzieht und sich vor den Schülern aufspielt, sie sich in die Tasche steckt. Ist ja einfacher, als ihnen Deutsch beizubringen, murrt es in mir.

Jetzt, wo sie ruhiger sitzen, sehe ich auf einmal die alten Pulte. Solche, wo die Bank fest mit dem Tisch verbunden ist. Zweiplätzer, manche hoch, manche niedrig. Da sich die Schüler einfach hingesetzt haben, neben einen Freund oder einen der gleichen Nationalität oder der gleichen Sprache, oder einfach hinten in die Ecke zu den Coolen oder ganz vorne nahe beim Lehrer, nach Lust und Laune also und nicht nach der Logik der Pulthöhe, sitzen sie nun seltsam verbogen oder gestreckt da. Große quetschen ihre langen Beine unter niedrige Pulte, Knie in den Kanten, Kleine lassen ihre kurzen Beine von viel zu hohen Stühlen baumeln, Füße in der Luft, andere stützen die Ellbogen in Schulterhöhe auf die Schreibfläche, krumme Rücken, gerade Rücken.

Ich aber will endlich wissen, wie sie heißen.

»Wer hat Farbstifte hier?« Zur Verdeutlichung strecke ich selbstverständlich ein paar in die Höhe. Und vorbei ist es mit der allgemeinen Aufmerksamkeit, hervorgerufen durch T.s Spiel. Was war bloß methodisch falsch an so einer harmlosen Frage? – Hier setzt bereits mein analytisches Alltagsdenken ein. Anscheinend beginne ich aufzuwachen. Draußen holt Angel gerade sein Maultier aus dem Stall. – Einige kramen in ihren Taschen, andere rufen »Ich!«, wieder andere »Ich nicht!« und noch andere beginnen, miteinander zu beraten und zu verhandeln, Farbstifte wandern von Hand zu Hand. Und da ich tatsächlich im Begriff bin aufzuwachen – die stolpernden Schritte des Maultiers entfernen sich Straße abwärts –, sehe ich allmählich, während ich noch mit der Masse von Schülern kämpfe, alle methodischen Fehlgriffe und beginne, den ganzen Ablauf umzuplanen. Ich bin aber gleichzeitig noch so im Traum verfangen, dass ich nicht die Schülerzahl auf ein realistisches Maß reduziere und erst einmal mein großes Zimmer und die schon vor den Ferien angelegte Tischordnung wiederherstelle. Nein, ich akzeptiere die schwierige Situation als Herausforderung des methodisch-didaktischen Könnens der Lehrperson, und kritisiere mich erbarmungslos.

Erstens: Meine absolute Nachlässigkeit, das Zeichnungspapier nicht spätestens am Vorabend bereitgestellt zu haben.

Zweitens: Mir keine Klassenliste besorgt und mich im Voraus informiert zu haben.

Nur diese zwei Punkte, und ich wäre gewappnet gewesen, hätte mit Kampfgeist vor die Klasse treten und gleich einen Appell durchziehen können. Die unruhigsten Schüler, die ich schon beim Eintreten auf einen Blick erkannt hätte, hätte ich beim Appell mit einem Kreuz gekennzeichnet und beim ersten Mucks gleich namentlich nach Hause geschickt und für den Nachmittag wieder in die Schule zitiert. Dann, mit reduzierter Schülerzahl, hätte ich die zugeschnittenen Namenskärtchen verteilt und wäre zum Programm gekommen: »Guten Tag, mein Name ist Lenz.«

Also, mit nebelhaften Grenzen zwischen Traum und Wirklichkeit hat das nun aber auch gar nichts zu tun!, leitete Eva ihren Kommentar ein und fuchtelte Anna mit der hellblauen Zeitschrift vor den Augen herum, als sie die Türe öffnete. Sondern mit einer absolut mangelhaften Kompetenz in Sachen Leseverstehen. Oder meinst du, die

Dame hat entrüstet zur Feder gegriffen, bevor sie bis Seite zwei gekommen ist?

Nein, sie muss zu Ende gelesen haben, denn sie nimmt Bezug auf die Stelle, wo ich mich erbarmungslos kritisiere. Und das ist am Ende, wo bereits von »Aufwachen« und »Traum« die Rede ist.

Ja, dann ist diese Elisabeth Dürst wirklich nicht fähig, einen Text zu verstehen, obwohl sie einen Leserbrief zu schreiben vermag. Allerdings nicht unbedingt gut verständlich.

Und sie schreibt ihn in einem Ton, dass ich immer gedacht habe, sie sei Lehrerin oder von der Schulkommission, meinte Anna. Ich war damals sogar darauf gefasst, dass jederzeit ein unerwarteter Unterrichtsbesuch eines Kommissionsmitglieds erfolgen könnte. Anna zuckte mit den Schultern. Ist aber weiter nichts passiert. Unsere kleine Schule war im Grund genommen ein Vorzeigeprojekt, mit dem die Stadt sich brüsten konnte, etwas für die Migranten zu tun. Und der Chefredaktor des Schulblattes war gleichzeitig der Direktor der Abteilung, der wir direkt unterstellt waren. Er verstand meinen Traum sehr gut, denn er wusste, was wir dort jeden Tag leisteten.

Stimmt es, dass die Schüler kein Deutsch verstanden?

Klar! Sie kamen aus der ganzen Welt. Flüchtlinge, aber auch die Kinder von Gastarbeitern, also Familiennachzug, alle nicht mehr schulpflichtig, über 16 Jahre alt. Alle erst gerade in Zug angelangt, wenn sie zu uns kamen. Das war ja eines der Probleme: Flüchtlinge halten sich nicht an den Schulkalender, lachte Anna, deshalb war eine Planung sehr schwierig. Wer konnte Ende Juni schon wissen, wie viele Klassen es brauchen würde. Ich begann immer im September mit den ganz Neuen. Das war der »Vorkurs«. Nach einem Jahr, wenn sie schon etwas deutsch sprachen, wechselten sie in eine der drei »Integrationsklassen«, deren Schwerpunkt eben die Integration in den Arbeitsmarkt war. Dort mussten sie sich für einen Beruf entscheiden und man half ihnen bei der Suche nach einer Lehrstelle. Einige wenige probierten auch den Schritt Richtung höhere Ausbildung: Berufsmittelschule, Gymnasium oder sogar Universität. Das hing völlig davon ab, was sie aus ihrer Heimat mitbrachten. Ich hatte zum Beispiel einmal eine Schülerin aus Teheran, die dort ein Physikstudium angefangen hatte. Und sie schaffte nach einigen Jahren tatsächlich den Schritt an die ETH.

Anna war nun ganz Feuer und Flamme, und Eva dachte nicht daran, sie zu unterbrechen.

Als meine Chefin mir mitteilte, es würde eine neue Schülerin in meine Klasse kommen, aus dem Iran, da hatte ich ein Mädchen im Tschador vor Augen. Wir hatten ja viele mit Kopftuch. Aber Iran, das ist etwas anderes!, dachte ich. Und dann stand sie vor mir, klein, voller Energie, in Jeans und T-Shirt, und erzählte bald einmal, auf Englisch vorerst noch, von ihrem Engagement als Umweltaktivistin und ihrer Arbeit als Rettungsschwimmerin und den Klettertouren im Iran. Ich war sprachlos.

Zu jener Zeit hatten wir viele Schüler vom Balkan. Es waren die Jahre des Krieges. Serben, Kosovaren, Kroaten, Bosnier, alle zusammen bei uns in der Schule! Und in ihrer Heimat brachten sie sich gegenseitig um. Unglaublich, was die zum Beispiel von ihrer Flucht in die Schweiz erzählt haben, wenn sie endlich ein wenig Deutsch konnten. Nicht alle. Für viele war der Krieg ein Tabu. Und natürlich hat die Schulbildung gerade der Jüngeren unter ihnen unter dem Krieg sehr gelitten. Die albanisch sprechenden Kosovaren wurden zum Beispiel von den Serben – damals war Kosovo eine serbische Provinz – daran gehindert, ihre albanischen Schulen zu besuchen und mussten den Unterricht heimlich in ihren Häusern abhalten, erzählten sie. Du kannst dir ja vorstellen, wie regelmäßig das war! Und was dabei herausschaute.

Ja, so etwas wie bei dieser Frau Dürst, mangelndes Leseverstehen!, warf Eva etwas boshaft dazwischen.

Anna ließ sich nicht ablenken, lächelte nur und fuhr fort: Ich kann mich gut an einen Jungen aus dem Kosovo erinnern, der zwar schon lesen konnte, Albanisch sicher besser als Deutsch, aber viel Erfahrung mit Geschriebenem hatte er wohl nicht. Einmal, als ich ihm zuhörte, wie er ein paar Sätze auf Deutsch von einem Blatt zu entziffern versuchte, beobachtete ich, wie er mit dem Fingernagel verlegen an einem Komma herumkratzte. Vermutlich wusste er nicht, was er mit diesem Strichlein anfangen sollte oder ob es ein Flecken war, und versuchte, es zu beseitigen.

Eva hörte amüsiert zu. Sie hatte ihre Freundin erst kennengelernt, als diese bereits wieder in Madrid wohnte, und deshalb keine Ahnung, womit sie sich in der Schweiz den Lebensunterhalt verdient hatte. Und? Waren die Zustände im Klassenzimmer wirklich so, wie du sie im Traum erlebt hast?, fragte sie schließlich.

Ach wo! Im Großen und Ganzen ging es bei uns sehr friedlich zu und her, trotz dieser explosiven Mischung von Jugendlichen aus aller Herren Länder. Das Problem war immer nur zu Schuljahresbeginn, wenn wir nur eine Vorkursklasse bewilligt bekommen hatten, aufgrund der Anmeldungen im Juni, und dann Ende August plötzlich Schüler und Schülerinnen herein zu tröpfeln begannen, direkt aus dem Irak oder aus der Türkei oder aus dem Kongo oder aus Sri Lanka, wo auch immer noch Krieg herrschte. Unsere Schulleiterin wollte niemandem mit so einem bürokratischen Argument wie Maximalschülerzahlen die sofortige Aufnahme in den Vorkurs verwehren. Für viele dieser Jugendlichen war unsere Schule nämlich ein Lichtblick in ihrem schwierigen Leben. Und ein Hoffnungsträger.

So sah ich mich jeweils in der Situation, dass sich in meinem Schulzimmer, das für zwölf bis sechzehn Schüler gedacht war, im Laufe des Septembers 24 angesammelt hatten. Und sie waren nicht gerade klein, diese Serben, Kroaten und Kongolesen, das kann ich dir sagen! 24 Anfänger, die kein Deutsch verstehen und unter sich auch keine gemeinsame Sprache haben. Nicht einfach. Aber glaub mir, ich habe es mit viel Lust und mit viel Improvisation geschafft, über die Runden zu kommen, bis dann endlich nach den Herbstferien eine zweite Klasse genehmigt wurde und wir mit je zwölf weiterfahren konnten. Bis Weihnachten waren es dann eh wieder sechzehn oder mehr.

Ich nehme an, den Traum hatte ich in den Herbstferien, in unserem Häuschen in Andalusien. Sicher hatte ich ein paar äußerst schwierige und hektische Schulwochen hinter mir. Und dann kommt so eine dumme Kuh und schreibt so einen idiotischen Brief. Und ich rackere mich ab, statt mich auf die Maximalschülerzahl zu berufen und mich zu weigern. Was die sicher getan hätte, falls sie denn tatsächlich Lehrerin war. Na ja, was soll's, Anna holte tief Luft und lehnte sich auf Evas Sofa zurück. Angel, der mit dem Maultier, den gibt es übrigens wirklich. Er ist dort unten unser Nachbar. Und das Maultier stolpert tatsächlich jeden Morgen, wenn er es aus dem Stall holt.

Anna hielt einen Moment inne und korrigierte sich dann selber: Das heißt, früher, vor etwa zehn Jahren, als es noch Maultiere im Dorf gab. Jetzt fährt Angel mit einem seltsamen vierrädrigen Motorrad zu seinem Landstück oben in den Bergen.

Glattes, nichtssagendes Parkett

Wir haben Besuch aus der Schweiz und ich zeige den Freunden die neue Wohnung. »Hier der Innenhof.« Ich öffne das Fenster und bin erstaunt, wie nah die gegenüberliegende Wand ist. »Äh, der Lichtschacht. Der Innenhof ist weiter hinten.« Tatsächlich. Und noch weiter hinten öffne ich eine Tür auf einen Gang, wo die erst kürzlich renovierte Wohnung zu Ende ist. Ein Flur, dessen Wände bröckeln, und hinter dessen Fenstern ein leerstehendes Grundstück zu sehen ist. Kurz nach dem Abbruch des Gebäudes, das dort gestanden hat. Es ist zu befürchten, dass auch die Türen ins Leere führen, dass man abstürzt, wenn man sie öffnet. Neben einer offenen Tür, die nicht ins Leere, sondern auf einen weiteren bröckelnden Flur führt, steht ein kleines Mädchen. Kurzes Röckchen, braungebrannte, stämmige Beine, seine Knie heben sich als zwei Grübchen kaum von den Beinen ab. Unsere Freunde stürzen sich auf das Kind, heben es hoch, drücken es an sich, lachen, herzen es, als ob sie es schon lange kennen würden. Das Mädchen giggelt, es ist völlig zutraulich.

Ich nehme zur Kenntnis: a) dass ich das Mädchen schon öfter gesehen habe (es ist meine Nachbarin), b) dass wir uns bis jetzt kaum gegrüßt haben, c) dass es so einfach ist, sich einander zu nähern; meine Freunde zeigen es.

Dann sitzen wir (ohne das Mädchen) in einem großen Wagen (ein Bus?). Irgendwo neben dem Gebäude, wo sich meine Wohnung befindet. Auf dem leeren Grundstück? Es regnet in Strömen, der Bus steht im Schlamm und in Pfützen, seine Räder drehen auf der Stelle und graben sich tiefer in den Morast. Da kommen wir nicht raus, denke ich.

Auch bei dieser Traumnotiz hatte Anna anschließend einen kleinen Kommentar hinzugefügt:

Als ich aufwache, regnet es in Strömen. Das Wasser fällt auf das Sonnendach aus Stoff und platscht dann auf den Terrassenboden. Vom oberen Dach gurgelt es durchs Abflussrohr und überflutet die untere Terrasse. Auf der andern Seite höre ich die Wasserfälle, die sich von den Dächern auf die Straße ergießen. Die Straße selber – ein reißender Bach. Und ich erinnere mich: Zuvor hat es gedonnert, zuerst im Gebirge, rollend und grollend, dann über dem Dorf, laut und krachend. Zwischen den beiden Donnern war ein plötzlicher Lichtschein, anscheinend der Blitz.

Deshalb wusste sie, dass sie diesen Traum in ihrem andalusischen Dorf geträumt hatte. Wie den von der Schule und noch einige andere. Sie träumte dort mehr als sonst. Immer schon hatte sie diesen Ort als sehr speziell erlebt; seit sie sich das Häuschen gekauft hatten, vor nun genau dreißig Jahren. Ursprünglich sollte es der Ort sein, wo ihr Mann und sie mit den Kindern die Ferien verbringen konnten, ohne jedes Mal ein günstiges Ferienhäuschen oder Hotel suchen zu müssen. Damals waren die Häuser in jenem Dorf noch bezahlbar, selbst für sie beide, die nichts Erspartes hatten. Außerdem war das, was sie kauften, nicht wirklich ein Haus. Der Baumeister aus dem Dorf bezeichnete das Objekt als Ruine. Es war winzig klein und befand sich im ältesten Teil des Dorfes, dessen Ursprünge (und Fundamente) in die Zeit der Mauren zurückreichen. Nach und nach stellten sie das Häuschen instand: erst die Sanitärinstallationen und die elektrischen, ein Badezimmer mit Dusche und Toilette und die Decke der Küche, die eingebrochen war und den Blick auf den Himmel freigab. Später kam ein neues Dach hinzu. All diese Bauarbeiten hatten sie in Raten abzahlen können, wie auch das Häuschen selber. Ohne Zinsen! Ohne Hypothekarverträge. Nur den Kaufvertrag hatten sie registrieren lassen.

Als Annas Mann Pläne für den Umbau anfertigte, wies der Baumeister aus dem Dorf diese lachend zurück: Was soll ich mit Zentimeter genauen Maßangaben anfangen, wenn ich nicht weiß, was in dieser Mauer zum Vorschein kommt. Da stecken manchmal riesige Steinbrocken drin!

Und so malte ihr Mann Aquarelle, auf denen zu sehen war, wie das Zimmer am Ende ausschauen sollte. Antonio, der Baumeister, war zufrieden und machte sich mit Paco, seinem Schwiegersohn, an die Arbeit.

Sie hatten es nie bereut. Wenn sie von Madrid kamen und ein weiterer Teil des Hauses fertig war, erwarteten sie oft angenehmste Überraschungen. Die beiden Maurer hatten immer wieder einmal improvisieren müssen und zeigten sich dabei äußerst kreativ. Nur mit einer Schwierigkeit hatte Anna zu kämpfen. Sie verstand nämlich den Dialekt von Antonio kaum. Mit den Andalusiern konnte sie sich in der Regel gut verständigen. Aber in diesem Bergdorf war das doch noch etwas anderes. Auch mit der Sprache der Maultiertreiber, die in der Kneipe gegenüber abstiegen, hatte sie ihre Mühe. Wenn man es denn als Sprache bezeichnen konnte, dachte sie. Ihr kamen diese unartikulierten Ausrufe eher wie die Laute vor, welche die Maultiere selber von sich gaben.

Anna bezeichnete das Dorf als »ihr« Dorf, mit dem Possessivpronomen, so wie die Spanier von »ihrem« Dorf zu sprechen pflegen. Das bedeutete aber in dem Fall, dass die Vorfahren von dort stammten. Die Großeltern, je nach Generation auch noch die Eltern, die Leute vom Land eben, welche in den Fünfzigern und auch noch später auf der Suche nach Arbeit und nach besseren Lebensbedingungen in die Städte gezogen waren und die Dörfer auf der weiten kastilischen Hochebene und der Berge darum herum leer zurückgelassen hatten. Und die leerstehenden Häuser, die sie dort besaßen und an den Wochenenden und in den Ferien nutzten, waren Familieneigentum seit eh und je.

Im Gegensatz dazu hatte Anna ihr Dorf »adoptiert«, wie sie zu sagen pflegte. Es bestanden keine Blutsbande. Sie hatte es im Lauf der Jahre zu ihrem eigenen gemacht und fühlte sich dort emotional gebunden. Aber sie hätte nie das ganze Jahr über dort wohnen wollen. Nicht weil die Dachrinnen sich direkt auf die Straße entleerten und diese sich in einen Wildbach verwandelte, wenn es einmal regnete. Auch nicht, weil die Sommer sehr heiß waren, und ihr Häuschen erst recht, denn die Sonne brannte von morgens bis abends auf das Dach und auf die große Dachterrasse, sondern weil es ihr im Dorf zu eng war. Im übertragenen Sinn. Dort wusste jeder alles über jeden. Es wurde getratscht und getuschelt. Natürlich hinter dem Rücken, hinter verschlossener Tür. Als Auswärtige erfuhr man kaum etwas davon und die Leute waren enorm freundlich, aber Anna wusste es. Nach dreißig Jahren erfährt man einiges. Auch würde sie, abgesehen von der Anonymität, über längere Zeit die Kinos, Museen und Konzertsäle von Madrid vermissen. Und den Chor.

Der Flur mit den bröckelnden Wänden aus dem Traum erinnerte sie an die Wohnung, die ihr Mann – damals ihr Freund – bewohnte, als sie bei ihm Hals über Kopf einzog. Das war in Madrid. Sie war von ihrem Vermieter eben auf die Straße gestellt worden. Eigenbedarf. Die Wohnung ihres Freundes lag in einem alten Quartier des Stadtzentrums, in der Calle de la Madera, der Holzstraße, in einem fünfstöckigen, heruntergekommenen Häuserblock. Die Wände bröckelten zwar nicht gerade wie die im Traum, aber eine Renovation wäre dringend nötig gewesen. Nur hatten weder sie noch ihr Freund die nötigen Mittel dazu. Anna war zu dieser Zeit Tänzerin und lebte so ziemlich von der Hand in den Mund, und ihr Freund desgleichen. Er war Kunstmaler, die Wohnung sein Atelier und Unterschlupf. Anna bestand darauf, dass die Wände mit der grauen, zum Teil zerrissenen Tapete gestrichen würden. Von ihnen beiden, versteht sich. Einen ganzen heißen Monat Juli lang standen sie auf der Leiter, wischten sich den Schweiß aus den Augen und rollten die Wände weiß. Das einzige, was sie ausließen, war der enorm lange Flur, der von der Eingangstür bis zur eigentlichen Wohnung führte und an dessen Wänden entlang sich die Bilder und Leinwände ihres Freundes stapelten. Dieser Flur, der jenem aus dem Traum ähnelte, war so lang, weil die Wohnung im hinteren Teil des Wohnblocks lag. Die Fenster gingen alle auf einen Hinterhof, der allerdings groß und hell war und den Blick auf ein danebenliegendes Gärtchen frei gab, das zum Haus gehörte, in dem um 1800 herum Luigi Boccherini gelebt hatte. Sogar ein Mandelbäumchen war zu sehen, bevor dieses Nachbarhaus einer Totalrenovation unterzogen wurde. Das Gärtchen verwandelte sich in jener Zeit in eine Baustelle, ganz wie die im Traum.

Anna hatte noch eine Bedingung gestellt, bevor sie einzog: Sie wolle eine Waschmaschine. Das schien ihr das Mindeste an Komfort. Die Waschmaschine zu kaufen, war nicht das Problem. Vielleicht hatten sie sogar eine geschenkt bekommen, aus zweiter Hand. Genau konnte sie sich nicht mehr erinnern, aber an das Labyrinth aus Hindernissen, mit dem sie zu kämpfen hatte, schon. Damals war ihr wieder einmal bewusst geworden, dass es zwischen der Schweiz und Spanien schon noch ein paar Unterschiede gab. Die Elektroinstallation der alten Wohnung hielt der Potenz einer Waschmaschine nicht stand.

Gut, dann lassen wir die Installation neu machen, zumindest all das, was es für die Waschmaschine braucht.

Geht nicht!

Warum nicht?

Der Freund lebte ohne Mietvertrag in der Wohnung. Dieser lautete auf einen Mieter, der vor Jahren dort gewohnt hatte. Nach ihm noch eine Frau. Die Miete händigte ihr Freund jeden Monat der Portiersfrau aus. Keine Ahnung, wer der Besitzer war. Renovierungsarbeiten in der Wohnung seien aber nicht gestattet.

Gut, dann ziehen wir ein langes, dickes Kabel vom Sicherungskasten neben dem Eingang bis zur Waschmaschine.

Das taten sie, aber die Sicherung hielt nicht stand. Zu wenig Potenz.

Gut, dann ändern wir eben den Vertrag mit der Elektrofirma.

Ohne Mietvertrag unmöglich!

Anna konnte kaum glauben, dass es unmöglich sein sollte, das Problem zu lösen. Als Schweizerin, die sie war, hatte sie sich etwas in den Kopf gesetzt und sie würde nicht klein beigeben. Aber sie kam sich schon ein wenig wie Sisyphus vor.

Zu guter Letzt hatte sie ihre funktionierende Waschmaschine. Die Installation war aber in keiner Weise legal. Ein Freund hatte den Sicherungskasten im Zwischengeschoss auf der Treppe angezapft und ein dickes Kabel bis zu ihrer Wohnung und durch den mindestens zehn Meter langen Flur ins Badezimmer gezogen, wo die Waschmaschine stand.

Und niemand reklamierte! Anna hatte keine Ahnung, auf wessen Rechnung dieser Strom ging. Sie wusste aber von Freunden, dass sie ihren Strom aus dem Mast neben dem Haus bezogen, wo sie ein dickes Kabel mit einer Klemme angeschlossen hatten. Irgendwie mussten sie auch den Zähler geknackt haben. All das schien nichts Außergewöhnliches zu sein. Der Mast war auch noch aus Holz gewesen, damals, vor dreißig Jahren.

Jetzt war alles anders, besser, fand Anna, obwohl auch viel bürokratischer. Die Stadtverwaltung wachte mit Argusaugen über die Bausubstanz. Die Eigentümergemeinschaften wurden zur Renovation der Gebäude und der Installationen verpflichtet. Regelmäßig wurden Inspektionen durchgeführt und die Bussen waren hoch.

Von der Wohnung aus der Calle de la Madera, der Holzstraße, hatte sie zum letzten Mal gehört, als die Freunde, die nach ihnen dort eingezogen waren, die Wohnung von einem Tag auf den andern verlassen mussten, weil die Decke der Toilette eingestürzt war.

Zum Glück sei niemand verletzt worden. Aber die WC-Schüssel des Nachbarn habe bei ihnen unten gelegen!

Anna und ihr Mann arbeiteten zu jener Zeit in der Schweiz und konnten bei der Nachricht nur den Kopf schütteln.

Jetzt haben die Besitzer wohl bald ihr Ziel erreicht, dass sie den Block abreißen und einen Neubau hinstellen können, meinte er.

Aber ganz so weit kam es dann doch nicht. Das alte Gebäude wurde ausgehöhlt und mit kleinen Appartementwohnungen gefüllt, die Fassade blieb erhalten.

Ihre eigene Wohnung, die Anna sich in Madrid kaufte, während sie in der Schweiz arbeitete, hatte sie erst vor sechs Jahren vollkommen umbauen lassen. Sie wusste es zu schätzen, dass im Winter nun keine Gasöfen oder Elektroheizkörper mehr in der Wohnung herum geschoben werden mussten, wie sie das noch einige Jahre lang getan hatte. In der Küche war es immer eiskalt gewesen, bis der Kochtopf heiß oder der Backofen lange genug an war, um den Raum zu wärmen, und Dampfwolken die Fensterscheiben beschlugen. Jetzt war die Küche ins Wohnzimmer integriert und das Kochen eine Freude. Auf dem Sofa liegend konnte sie ihrem Mann dabei zuschauen. Oder umgekehrt.

Der Umbau hatte sie ein ganzes Jahr lang in Beschlag genommen. Nicht dass sie selber Hand angelegt hätte wie früher, aber den Großteil der Planung bestritt sie zusammen mit den beiden Architekten. Und sie klapperte Baumessen und Geschäfte ab, auf der Suche nach Badewannen, Duschen, Wasserhähnen, Küchenausstattungen und, vor allem, Parketts. Die Beschaffenheit des Bodens war lange eine offene Frage gewesen und Anna wurde darob fast zu einer Spezialistin in jener Angelegenheit. Sie, die niemals achtgegeben hatte auf Böden, Einbauschränke oder Badezimmerfliesen in den Häusern ihrer Bekannten und Freunde, konnte nun über Industrieparkett, polierten Zement oder Keramikfliesen fachsimpeln.

Aus jener Zeit, also 2013, stammte der Traum, dem sie den Titel *Glattes, nichtssagendes Parkett* gegeben hatte.

Ich bin mit einer Kollegin unterwegs in einer Siedlung oben am Hang. Eine Wohnung ist zu vermieten. Ich überzeuge meine Begleiterin und wir schauen uns die Wohnung an.

Die Wohnung steht jetzt leer. Ist aber vorher von einem Mann bewohnt worden, der lange in Afrika gewohnt hat. Das sieht man. Die Wohnung ist wie ein Museum. Möbel aus wuchtigem, dunklem Holz, auch Skulpturen sind überall zu sehen. Mir gefällt ein dreibeiniger hoher Schemel besonders. Meiner Begleitperson sagt zum Glück ein anderes Möbelstück zu. Ich hoffe, sie ändert ihre Meinung nicht und ich muss wegen dem Schemel nicht streiten. Der Salon ist eher klein, aber zweiteilig. Es gibt ein Cheminée, ein großes Sofa, alles sehr gemütlich und kuschelig. Der Boden ist besonders auffällig: Der Hausherr hat über ein glattes, nichtssagendes Parkett seinen eigenen Boden gelegt, holzig, klobig, mehrfarbig (wie industrielles Parkett!). Das nichtssagende Parkett schaut an gewissen Stellen noch hervor. Irgendwo wölbt sich der Boden auch. Das dunkle, klotzige Parkett liegt lose auf dem anderen, zum Teil wie Inseln.

Auf einem Fernsehbildschirm ist ein Video zu sehen. Es zeigt eine Szene im Wohnzimmer, als der Mann noch dort wohnte. Er liegt mit einer Frau vor dem Kamin auf einem Pelz, auf dem klobigen Holzboden. Warme Farben. Sie genießen es. Nackt?

Zweiter Teil: Als er aufsteht, trägt er einen großen, über die Schultern gelegten Mantel. Die ganze Erscheinung kommt mir exotisch vor. Man sieht, dass er weiterhin Afrika in sich trägt. Auf dem Video im Wohnzimmer sind auch Palmen und sonstige exotische Grünpflanzen zu sehen. Mir gefällt die Welt/die Aura, die sich um diesen Mann ausbreitet, die er auch selber geschaffen hat. Jetzt sind in der Wohnung nur noch Spuren davon zu sehen, wie in einem Museum.

Angefügte Notizen:
Am Abend vorher *Out of Africa* gesehen.
Wann war der Ausflug der Literarischen Gesellschaft mit dem Afrika-Spezialisten Al Imfeld, dessen Buch ich im Anschluss gelesen habe?

Es gab noch einen Traum, der Anna an eine Wohnung erinnerte. An die Wohnung, die sie zusammen mit ihrem Sohn bewohnte, nachdem sie sich von ihrem ersten Mann getrennt hatte. Es war eine Attikawohnung mit einer riesigen Terrasse, von der aus man über die Ziegeldächer und Fernsehantennen der Madrider Altstadt bis in die Berge sehen konnte. Der Eigentümer war vor kurzem zu seiner Freundin gezogen und froh, einen kleinen Zuverdienst aus seiner Wohnung herausholen zu können. Auch Anna wohnte dort ohne Mietvertrag, allerdings nur zwei Jahre, weil der Hausherr sich wieder von der Freundin trennte und in seine Wohnung zurück wollte.

Sie erinnerte sich immer noch wehmütig an die große Hängematte neben der breiten Fensterfront im Wohnzimmer, in der sie Stunden verbracht hatte, lesend, Musik hörend, den Schwalben nachblickend. Zumindest in der ersten Zeit. Dann musste sie ihre Stelle an der Schweizer Schule antreten und kam nur mehr selten dazu. Dafür hatte sie nun ihren neuen Freund in der Holzstraße, zu dem sie ein Jahr später zog.

Die Wohnung lag ganz oben im dritten Stock. Die Haustür unten war immer geschlossen und es gab keine Türklingel, geschweige denn eine Gegensprechanlage. Auch noch keine Mobiltelefone. Wer zu ihr wollte, musste von unten ihren Namen rufen und sie warf dann von der Dachterrasse aus den Schlüssel hinunter, eingewickelt in ein Stoffsäcklein. Zum Glück ließ sich ihr Name gut lauthals schreien. Zweimal A war ideal. Aber nicht immer hörte sie es, vor allem im Winter nicht. Dann setzten sich ihre Besucher halt zu Marciano in die Werkstatt gegenüber, plauderten ein Weilchen und ließen sich von ihm die neuesten Keramikkreationen zeigen. Später versuchten sie es ein zweites Mal, unterstützt von Marciano. Das funktionierte alles in allem nicht schlecht. Meist wusste Anna aber, wann Besuch im Anmarsch war, und achtete darauf, ob die zwei A von der Straße herauf zu hören waren. Ihrem Freund hatte sie eine Kopie der

Schlüssel gegeben.

Mein neuer Freund und ich sind in meiner Wohnung im dritten Stock. Er arbeitet am Tisch. Ich höre jemanden die Treppe hochkommen. Es ist ein Mann. Durchs Guckloch lässt er sich nicht anschauen, er deckt es zu. Große Angst. Da er nicht herein kann, steigt er die Treppe wieder hinunter. Ich laufe zum Küchenfenster, das aufs Treppenhaus geht, aber dort ist es dunkel. Als wir ins Bett schlüpfen, sage ich: »Zum Glück warst du hier. Was für eine Angst hätte ich ohne dich ausgestanden.« Da schaut er mir tief in die Augen und sagt ganz ernst: »Trau mir nicht.« Wieder steigt die Angst in mir hoch. Also hat er irgendetwas mit dem Mann zu tun. War er nicht auch ein Mann, und lauschte ich nicht oft seinen Schritten, wenn er spät abends die Treppe hochkam?

Und plötzlich kommt es mir nun doch so vor, als hätte ich durchs Guckloch etwas gesehen, eine gewisse Ähnlichkeit. Als ich weiter frage, sagt er immer nur: »Trau mir nicht.« Ich entgegne: »Wie soll ich dir nicht trauen, wenn ich dich doch so lieb habe.« Er bleibt verschlossen. Da möchte ich ihn wegschicken. Aber er ist an jenem Abend erst sehr spät gekommen und muss müde sein. Also möchte ich ihm nicht zumuten, sich wieder anzuziehen und nach Hause zu gehen. Ich gehe ins Kinderzimmer, wo mein Sohn schläft. Mein Freund kommt mir nach, kann wegen des Kindes aber nicht sprechen und gibt mir meine Schlüssel zurück. Ich denke (ein wenig schadenfroh): So kann er allerdings unten nicht hinaus, die Haustür ist zugeschlossen. Da klingelt das Telefon und er geht antworten. Ich nutze die Zeit und verschwinde schnell unter Diegos Bettdecke, weil ich schlafen möchte. Aber mein Freund kommt zurück und hebt die Bettdecke: »Für dich.« Das Telefon hat keinen Hörer, nur ein Kabel. Von weitem höre ich undeutlich eine Frauenstimme. Sie erzählt mir, wie schlecht es ihr gehe, ihr Mann komme selten zu ihr, sie habe es satt usw. Wer sie sei. Das sei völlig egal, sie habe es bloß irgendjemandem erzählen wollen. Aber meine Nummer? Die hatte sie von meinem Ex.

Eine andere Art von Karussell

Das sei der einzige Angsttraum gewesen, den sie unter ihren Notizen gefunden habe, erzählte sie Eva am Telefon. Und nicht mal der sei ein veritabler Albtraum. Sie könne sich an keinen erinnern. Als Kind habe sie manchmal nicht einschlafen können, weil ihr jedes Mal, wenn sie die Augen schloss, das Karussell erschienen sei. Das sei aber kein Traum gewesen, sondern eher eine Vision. Oder nicht einmal das. Ein Effekt der Netzhaut vermutlich. Ihr sei dabei schwindlig geworden und sie habe gefühlt, dass sie falle, ins Bodenlose, und deshalb habe sie die Augen öffnen müssen.

Was sie denn gesehen habe, wollte Eva wissen.

Lauter helle Punkte vor einem dunklen Hintergrund, die schnell und in kreisender Bewegung vor meinen Augen durchrasten oder -fielen, ich weiß nicht, wie ich das nennen soll. Ich kann mich aber erinnern, dass ich jeweils meine Mutter rief und diese fragte: »Ist das Karussell wieder da?«, wenn sie ins Zimmer trat.

Anna wechselte das Thema. Sie hatte angerufen, um zu fragen, ob Eva sie an die Klimademo begleiten würde.

Auf keinen Fall, meinte diese. Die plötzliche Hektik in Madrid um das Weltklima sei eine andere Art von Karussell. Sie sehe sich fehl am Platz zwischen den kämpferi-schen Antisystemikern, den tanzenden und singenden Ureinwohnern des Amazonas, ein paar verirrten Fe-ministinnen und all dem Drum und Dran, das man schon in den Nachrichten über die Klimakonferenz habe sehen können. Und Greta Thunberg würde man sowieso nicht zu Augen bekommen. Viel zu klein!, lachte sie.

Anna konnte sie durchaus verstehen, aber sie würde trotzdem hingehen. Sie hoffte nur, dass die Weihnachts-beleuchtung, welche dieses Jahr noch prunkhafter daher-kam als andere Jahre, zumindest der Demoroute entlang ausgeschaltet würde.

Ihr Mann war überzeugt, dass der seit kurzem amtie-rende Stadtpräsident sich dem Druck des Zeitgeistes beugen würde. Schon zu viel Spott habe ihm sein Ansin-nen beschert, alle anderen spanischen Städte, wenn nicht alle Städte der Welt, mit seinem Weihnachtsprunk zu übertrumpfen. Der riskiert es nicht, von Greta gescholten zu werden, meinte er, als sie sich zusammen auf den Weg zur Demo machten.

Wenn der wüsste, wie die Hochhäuser in China das ganze Jahr über beleuchtet sind!, sagte Anna. Bunter und greller als die gesamte Weihnachtsbeleuchtung aller eu-ropäischen Städte zusammen!

Ja, das hat dich schon damals gestört, foppte ihr Mann.

Jedes Mal, wenn wir auf unserer Reise in eine größere Stadt kamen und abends die Lichter angingen, hast du gesagt: »Und ich verzichte auf den Wäschetrockner, um Energie zu sparen!«

Stimmt doch, brummte Anna. Hier in Madrid ist das keine Tugend, die Wäsche trocknet in einer Stunde. Aber damals, in der Schweiz! Obwohl mehrere Tumbler in der Waschküche unseres Wohnblocks standen, habe ich stur darauf verzichtet. Ich hängte die Wäsche an die Leine und wartete, bis sie endlich nach zwei Tagen trocken war.

Ich weiß. Und hier verfolgst du mich mit deinem Wahn, immer sofort das Licht zu löschen, wenn ich aus dem Zimmer gehe.

Das ist kein Wahn!, wehrte sich Anna. Wenn es nach dir ginge, wären alle Zimmer, in denen du gewesen bist, für den Rest des Abends hell beleuchtet. Das ist doch das Mindeste, was du zum Energiesparen beitragen könntest, Lichter löschen.

Der Paseo del Prado, die breite, mehrspurige Straße vor dem Museum, dessen Namen sie trägt, war tatsächlich nur von den Straßenlampen beleuchtet. Die Lichter, welche seit zwei Wochen die Bäume der Allee zierten, waren ausgeschaltet. Die metallenen, leuchtenden, futuristischen Kegel am Eingang der wichtigen Querstraßen und die LED-Installationen um die großen kreisförmigen

Brunnen herum lagen alle im Dunkeln.während die zahlreich erschienenen Demonstranten mit Transparenten und kleinen Kartonplakaten auf den acht oder mehr Spuren, die sonst von Autos, Bussen und Taxis belegt waren, Richtung Norden schlenderten.

Wer in die Straßen blickte, die Richtung Stadtzentrum abzweigten, konnte sehen, dass kaum fünfzig Meter weiter die ganze Weihnachtspracht wieder leuchtete. Und Anna ging davon aus, dass Tausende von Personen damit beschäftigt waren, ihre Weihnachtseinkäufe zu erledigen, während hier die Slogans vor dem Untergang warnten: *NO CO2, PAPÁ, ¿QUÉ FUTURO ME ESTÁS DEJANDO?, JUST 8 YEARS TILL 1.5°C., PLANET NOT PROFIT!, STOP NOW DESERTATION!, DON'T WAIT UNTIL IT'S TOO LATE., THERE IS NO PLANET B.*

In der Nacht wurde sie von Träumen heimgesucht.

Eine Gruppe von Menschen sollte bestraft werden. Wofür sie bestraft wurden, war Anna nicht bekannt. Jemand erklärte ihr das Vorgehen: Sie mussten umherziehen und Tiere füttern, immerzu, obwohl alle Tiere schon satt waren.

Sie kamen vor die Nervenheilanstalt Hôpital de la Salpêtrière. Eine Frau aus der Gruppe hatte einen hysterischen Anfall. Anna war Zuschauerin. Ganz im Detail sah sie die riesigen Steine des Hospitals, dessen Fenster leer standen. Es war eine Ruine, der Verputz größtenteils abgebröckelt. Später sollte ihr Sohn, welcher der Gruppe angehörte, einen großen Fisch füttern. Einige Männer brachten ihn und legten ihn an den Straßenrand. Der Fisch wollte nicht fressen. Diego war es egal.

Danach (oder war es vorher?) träumte ihr, dass sie ins Untergeschoss fahren wollte und auf den Knopf drückte, um den Fahrstuhl zu holen. Als sich die Tür öffnete, sah sie, dass der ganze Boden des Fahrstuhls vom Bild eines wunderbaren, geheimnisvollen Mandala eingenommen wurde. Von unten herauf hörte sie eine Stimme, eine gewaltige Stimme, die im ganzen Gebäude hallte. Wessen Stimme war das? Sprach sie zu ihr? Was sagte sie? Sollte sie hinunterfahren? Sie drehte sich um und hetzte dem Ausgang zu. Als sie die Tür öffnete, sah sie, dass der Himmel gelb war. In größter Eile rannte sie zur Klimakonferenz, um etwas zur Rettung der Welt beizutragen. Am Eingang sah sie ein Transparent mit großen Lettern: *COP25, Madrid 2019. TimeForAction. TiempoDeActuar.* Sie hetzte hinein und das Erste, was sie antraf, war eine lange Warteschlange vor der Ausweiskontrolle.

Anna kam nicht dazu, diese Träume aufzuschreiben. Zu viel Rummel über Weihnachten und Neujahr: erst der Besuch der Schwester, dann die Enkel, die Freunde, einkaufen, kochen, ein paar Tage in ihrem Dorf, wieder ein

Besuch aus der Schweiz, dann der Geburtstag und schon wieder Kuchen backen. Zu viel Ablenkung.

Sie konnte sich nicht recht erklären, was ihrem Projekt, das immer noch keine präzise Form annehmen wollte, den Wind aus den Segeln genommen hatte.

Der Retiro

Am 13. März schrieb Anna:

Es ist Abend geworden und ich fühle mich glücklich, froh, dass heute keine schlechten Nachrichten eingetroffen sind. Niemand hustet in der Familie, niemand muss ins Spital. So wenig braucht es plötzlich für das Glück.

Und am nächsten Tag:

Es ist ein gutes Gefühl, sich in seine eigene Blase zu flüchten, während draußen das Leben pulsiert, die Stadt lärmt, die Leute sprechen, grölen, schreien. Und drinnen Ruhe oder leise Musik, Konzentration, Arbeit: lesen, schreiben, nachdenken. Aber es ist kein gutes Gefühl, wenn draußen absolute Ruhe herrscht – die Strassen menschenleer – und ich weiß, dass ich die Wohnung nicht verlassen darf (soll), während zweier Wochen. Oder mehr. Wer weiß. Eine Art Platzangst geistert herum.

Vor drei Wochen noch hatte sie die Fenster geschlossen, um Ruhe zu haben. Dauernd hörte sie unten auf der Straße Leute sprechen (erstaunlich, was für laute Stimmen sie hatten), Rollläden quietschen, Lieferwagen an-

und abfahren oder Koffer vorbeiholpern, allein oder in Rudeln.

An diesem Tag hingegen, am 13., war sie auf den Balkon gegangen, um zu schauen, was los war, weil sie jemanden (eine Person!) hatte sprechen hören. Der Motor eines unten vorüberfahrenden Autos erstaunte sie, und am Morgen, während sie frühstückte, begrüßte sie das Scheppern des Rollladens der Eisenwarenhandlung von gegenüber mit Erleichterung: zumindest WC-Papier, Glühbirnen, Batterien und Putzmittel gäbe es in Reichweite.

Vor zwei Wochen noch hatten sie viele Fragen und Entscheidungen beschäftigt:

Sollte sie es wagen, sich angesichts der Nachrichten aus Italien und ersten Erkrankungen in Spanien ins Kino zu setzen und drei Stunden lang die Direktübertragung von Händels Oper *Agrippina* zu genießen? Sie hatte das Ticket schon Wochen vorher gekauft und ging deshalb hin. Die Oper war ein Leckerbissen für Auge und Ohr: Musik, Gesang, Inszenierung. Zum Glück hatte sie einen Platz ausgewählt, wo nur zwei Sitze nebeneinander waren. Also ziemlich außerhalb der Zuschaueragglomeration, am Rande sozusagen. Ihr Nachbar auf dem Sessel nebenan war ein älterer Herr, älter als sie, der vor Beginn der Übertragung dauernd hustete.

Das würde sie keine drei Stunden aushalten, dachte sie, während sie sich möglichst unauffällig den Schal vor die Nase hielt. Kaum aber war es dunkel und setzte die Musik ein, hörte er auf. Drei Stunden lang kein Husten mehr. Musste wohl ein nervöser Tick gewesen sein. Sie musste sich im Nachhinein eingestehen, dass sie ängstlicher Natur war. Damals lief das pulsierende Stadtleben noch auf Hochtouren. Sie hätte sich geschämt, ihre Ängste einzugestehen.

Am Mittwoch jener Woche, also vor zehn Tagen, hatte sie sich gefragt, ob sie an die Chorprobe gehen sollte und am Samstag mit ans Konzert nach Segovia, Busfahrt und Spanferkelessen inbegriffen, oder besser nicht. Die Entscheidung wurde ihr von einem Anfall akuter Rückenschmerzen abgenommen. Aber sie wusste, sie hätte gezögert, ihre Angst vor einer Ansteckung im Chor zu äußern. Die lästigen, schmerzenden Brustwirbel bewahrten sie auch davor, am 8. März an der großen Frauendemo teilzunehmen. Die Frage, ob sie ins Yoga gehen solle, erübrigte sich, aus demselben Grund.

Als die Schulen geschlossen wurden, wäre sie sofort zu ihren Enkeln gefahren, um mit hand anzulegen, wohl wissend, dass ihr Rücken weder lebhafte Spiele noch tröstendes Auf-den-Arm-Nehmen noch Putzen oder Kochen zulassen würde. Aber nun erfuhr sie (aus den

Medien), dass sie als Großeltern zu einer Risikogruppe gehörten. Kontakte zu ihnen, den Alten, seien zu vermeiden, zu ihrem Schutz. Ihr Sohn musste es ihr nicht persönlich sagen, er ließ sie verstehen, dass sie schon zurechtkämen. Es war klar, dass in Madrid der Rückzug in die vier Wände allerorts eingesetzt hatte.

Aber in der zweiten Märzwoche gab es noch die Spaziergänge, und der Spaziergang zum *Reina Sofía* gehörte zu ihrem Repertoire. Wenn sie nicht vergessen hätte, dass das Museum am Dienstag immer geschlossen ist, hätte sie sogar noch die Ausstellung über Delphine Seyrig und die feministischen Videokünstlerinnen der 70er- und 80er-Jahre sehen können. *Musas insumisas* (Widerspenstige Musen) war der vielversprechende Titel. Angesichts der verschlossenen Türen kehrte sie um und entschädigte sich mit einem Kaffee im *Benteveo*. Sie trat aber nur ein, weil nicht viel los war. Außergewöhnlich um diese Zeit und in dieser sehr beliebten Quartierkneipe. Selbstverständlich verzichteten sie auf Umarmungen und Wangenküsse, Federico und Marcela, beide vom Team, beide Mitbesitzer, Kellner respektive Köchin, hielten Abstand. Drei Tage später machten sie die Bar dicht, noch bevor die Regierung den Notstand erklärte und alle Gaststätten schließen mussten.

Anna schränkte ihren Bewegungsradius ein, sie würde

keine U-Bahn und keinen Bus mehr nehmen. Zum Glück war es bis zum Stadtpark, dem Retiro, nicht weit und sie nutzte das warme Frühlingswetter für einen ausgedehnten Spaziergang. Als sie allerdings den Park nach elf Uhr morgens durchquerte, am ersten Tag, an dem die Schulen und Universitäten geschlossen waren, zwischen Massen von Schülern und Studenten auf den Wiesen, zwischen Massen von Skatern und Joggern, vorbei an Warteschlangen von Kindern und Eltern vor den Rutschbahnen und Klettergerüsten, stellte sie am nächsten Tag den Wecker und machte sich in aller Früh auf den Weg.

Ob sie den Spaziergang zusammen mit Eva machen sollte, war eigentlich noch keine Frage. Sie verzichteten auf Begrüßung mit Körperkontakt und hielten Distanz. Auf der Bank, wo sie eine halbe Stunde saßen, schauten sie geradeaus. Ihr Gespräch dümpelte träge dahin, genauso träge wie sich ihre Körper in der warmen Frühlingssonne anfühlten. Weder von Träumen noch von anderen Projekten war die Rede. Auch vom Virus sprachen sie nicht. Anna hätte im Nachhinein nicht sagen können, wovon die Rede war. Von den Söhnen? Vom Zahnarzt? Von den Katalanen?

Sie kam nur noch zweimal zu ihrem Spaziergang, bevor der Park geschlossen wurde.

Zum letzten Mal am Samstag, 14. März. Sie machten

sich um neun auf den Weg, bereits im Bewusstsein, sich einem Risiko auszusetzen. Ihr Mann, Eva und sie hielten sich an den obligaten Zweimeterabstand und kamen an Orte, die sie im Retiro noch nie besucht hatten, sahen Dinge, die sie noch nie gesehen hatten: die Ruine einer romanischen Kirche, die Gärten von Cecilio Rodríguez. Und: Pfauen! Zuerst hörten sie nur die Schreie, seltsam, schmerzvoll, in der kühlen Morgenluft der einsam daliegenden Parkanlage. Dann erschien der erste Vogel zwischen zwei kunstvoll zugeschnittenen Zypressen. Es wurden mehr. Mit zielstrebigen Schritten stießen sie auf den schachbrettartigen Platten der geometrisch durch den Garten gezogenen Wege vor. Wohin zog es sie? Welch geheimnisvolle Absicht lenkte ihre Schritte? Weshalb ihr lautes Klagen?

Einer öffnete seine Schleppe zu einem prachtvollen Rad, ausgerechnet im zentralsten Kreis der Parkanlage. Er drehte sich majestätisch um die eigene Achse und wandte ihnen seine Hinterseite zu. Auch diese war prachtvoll. In konzentrischen Kreisen zogen verschiedene Schichten und Muster von Federn nach außen gegen den Rand. In der Mitte, über den kurzen, graubraunen Schwanz- und Flügelfedern und wie aus einem weißen, flaumigen Wusch heraus entfaltete sich ein Strauss mittellanger, schwarzer Federn mit hellem, weißem Kiel zu einer ovalen, oben zugespitzten Form. Dahinter und darum herum dann endlich die langen, schmalen Oberschwanzdeckfedern. Weiße Linien, die Kiele, fächerartig angeordnet und leicht nach vorn gebogen, mit dunkelgrünen feinen Federhaaren. Jede weiße Linie endete in einem schillernd blaugrünen Auge. Diese, die Augen, konnten sie allerdings nur von vorne sehen, ebenso wie das stechende Blau der Brust und des Halses.

Anna fühlte sich zutiefst bewegt. Noch nie war sie einem Pfau begegnet, jetzt stand sie einem gegenüber, der sich nicht im Mindesten um die drei Zuschauer scherte. Er war der Herr dieses zu jener Stunde beinahe noch menschenleeren Ortes, inmitten von anderen Pfauen, Männchen und Weibchen.

Noch am selben Nachmittag um vier wurde der Retiro geschlossen. Um zehn Uhr abends verkündete der Regierungspräsident den Notstand.

Nun kehrte Ruhe ein. Nun mussten keine heiklen Entscheidungen mehr getroffen werden. Die Devise lautete: Bleibt zu Hause! Und nun erinnerte sich Anna an einen Traum, der mit dem Retiro-Park zu tun hatte. Kurz vor Jahresende hatte sie ihn in ihrem andalusischen Dorf notiert, wo sie die Neujahrsferien verbrachten. Wie immer hatte sie dort öfter geträumt als sonst. Und wie immer auch die Zeit gefunden, alles niederzuschreiben. Nun öffnete sie, zum ersten Mal wieder seit Wochen, ihren Projektordner und las:

28.12. 2019

Als ich morgens um acht vom Wecker aus dem Schlaf gerissen wurde, konnte ich mich genau an den Traum erinnern. Ich steckte noch mittendrin und wusste, das war der Moment, alles aufzuschreiben. Aber ich fühlte mich so wohlig schlaff, dass ich die Bettdecke hochzog und die Augen wieder schloss. Wenn ich den Traum jetzt nochmals durchginge, wäre er in meinem Bewusstsein verankert und ich könnte ihn jederzeit im Laufe des Morgens aufschreiben. Aber schon jetzt merkte ich, dass es nur noch Fragmente waren, die ich wieder zu schauen bekam.

Was war noch vorhanden, nach einer weiteren Stunde Schlaf, dem Frühstück mit P., einer Begrüssung der Nachbarin und einem Gespräch von Terrasse zu Terrasse?

Schauplatz, ein Park, möglicherweise der Retiro. Ich erkenne das große, eiserne Gitter. Nicht alle haben Zugang an diesem Tag, aber wir sind drin und Teilnehmer eines seltsamen Rituals. Auf dem Boden stehen Behälter, eine Art Becher oder Blumen-vasen. Und plötzlich zweifle ich, ob wir nicht doch eher auf Gräbern stehen und es sich um einen Friedhof handelt und die Vasen im Boden stecken. In den Behältern befinden sich längliche Gegen-stände, wie Blumen hineingestellt. Doch es sind keine Blumen. Auch wir stellen einige dazu, was immer es ist. Aber nicht alles, was wir hineinste-cken, ist willkommen, einige dieser länglichen Din-ger müssen wir wieder entfernen. Weil sie schwarz sind? Oder dürfen nur die schwarzen drin bleiben? Auf alle Fälle sortieren wir aus, nach dem Kriteri-um von jemandem, der das Sagen hat. Es muss ein ideologisches Kriterium gewesen sein (oder ein ethisch-moralisches?). Die Worte »Zum Wohle al-ler« geistern noch in der Traumerinnerung herum.

Der Traum war farbig. Blauer Himmel, grüne Blätter an den Bäumen, Retiro-Farben, Madrider Licht. Schwarze und weiße Gegenstände in den Va-sen. Wie Federn, aber künstliche. Aus Draht und Papier? Und die Frage, welche dort stehen dürfen und welche nicht.

Und wieder einmal war Anna verblüfft und musste an C.G. Jung denken und was sie dort gelesen hatte. Skeptisch war sie, gewiss, als sie von den seltsamen Verbindungen zwischen dem Unbewussten und der äusseren, der Lebenswelt las. Sie erinnerte sich an ihre gemischten Gefühle gegenüber dem Traum der einstürzenden Decke, in der Nacht, als die Feuerwehrleute im brennenden Gebäude von *Almacenes Arias* umkamen. Der Retiro-Traum aber stellte kein Synchronizitäts-Phänomen dar, dieser Traum sah Ereignisse voraus! Wie sonst sollte sie sich die seltsamen Übereinstimmungen und Andeutungen erklären, die jetzt, vor dem Hintergrund der letzten Tage, mit Bedeutung aufgeladen wurden? Der geschlossene Retiro? Der Vergleich mit einem Friedhof? Die länglichen Gegenstände, wie Blumen, aber doch keine? Waren es Pfauenfedern? Aber schwarze! Die freiwillige Unterordnung unter ein fremdes Kriterium, »zum Wohle aller«? Und das Aussortieren »nach dem Kriterium von jemandem, der das Sagen hatte«! Sie musste wohl oder übel an die bewegenden Berichte von Ärzten der Intensivstationen denken, die sich gezwungen sahen, zu entscheiden, welche Patienten an ein Beatmungsgerät angeschlossen würden und welche nicht. Weil es nicht genügend Geräte für alle Notfälle gab. Entscheidungen über Leben und Tod. »Herdenimmunität«, dieser elende Begriff, den Boris Johnson geprägt hatte, kam ihr in den Sinn, der gegen die Massnahmen der sozialen Distanz, sprich dem Ausgehverbot, ins Feld geführt wurde und postulierte, dass eine »kontrollierte Infizierung« die beste Strategie gegen das Virus sei, dass diese der Immunisierung der Bevölkerung diene und zudem die Wirtschaft weiter auf Hochtouren laufen lasse. In Spanien war dieses Szenario längst Vergangenheit, die Infizierung längst ausser Kontrolle. Wenn Pflegepersonal, Krankenschwestern und Ärzte starben, die alle in vorderster Linie Kranke betreut und unter dramatischen Bedingungen gegen den Tod gekämpft hatten, wenn Polizisten, Soldaten, Putzfrauen und Minister sich ansteckten und in Quarantäne mussten, wenn die Saisonniers nicht auf die Felder konnten, um das Gemüse und Obst zu ernten, weil die Grenzen geschlossen waren, wenn die Fabrik- oder die Bauarbeiter zuhause ihre Familien ansteckten ... Anna versuchte, ihre dystopischen Visionen zu bändigen. Ja, es war auf verführerische Weise beruhigend, der klaren Argumentation einer Wissenschaftlerin zu folgen, die darlegte, dass ethische Entscheidungen im Falle von Katastrophen immer nötig seien und dass sie sachlich und nüchtern getroffen werden müssten. Auch Anna konnte sich auf den Standpunkt stellen, dass es für über 80-jährige Menschen, die vorher schon krank und gebrechlich waren oder unter Demenz litten, vielleicht an der Zeit war, zu gehen. Für sich selber sah sie keinen Grund, sich ans Leben zu klammern. Es war ein gutes Leben. Sie könnte gehen, sagte sie sich. Aber unter welchen Umständen? In einer überfüllten, riesigen Ausstellungshalle, die zum Spital umfunktioniert worden war? In IFEMA, demselben Messezentrum, in dem Spanien vor drei Monaten die Klimakonferenz beherbergt hatte? Oder auf dem Boden des Wartesaals einer Notaufnahme liegend, zwischen Hunderten wartenden, stehenden, sitzenden, liegenden Patienten? Oder in einem Spitalzimmer, isoliert, allein, frierend, ohne Bettdecken? Auch die Vorstellung, qualvoll ersticken zu müssen, weil nicht nur Beatmungsgeräte fehlten, sondern auch die Medikamente ausgegangen waren, mit denen die Schwerkranken sediert wurden, trugen nicht zu einer gelassenen, stoischen Haltung dem Tod gegenüber bei. Diese Bilder kontrastierten mit den bestechend sauberen, sterilen Linien in Form von steigenden Kurven, die sie während der Nachrichten am Fernsehen wie hypnotisiert verfolgten, in Erwartung der berühmten Spitze oder Abflachung. Die Zahlen von Neuinfizierten, von Einlieferungen in die überfüllten Intensivstationen, von Todesfällen und Heilungen, von Millionen benötigter Atemschutzmasken und Tests, von millionenschweren Hilfspaketen, Verlusten an den Börsen, Verlusten von Arbeitsplätzen waren das allabendliche Mantra.

Daneben die bescheidenen Einzelschicksale. Zum Beispiel Marias Grossmutter. Sie war von ihrem Pflegeheim mit Lungenentzündung ins Spital eingeliefert worden. Niemand konnte/durfte sie besuchen. Nach wenigen Tagen starb die alte Frau, alleine, und die Krankenschwestern erzählten Maria, dass sie nicht hatte verstehen können, warum ihre Kinder und Grosskinder sie vergessen hatten. Warum niemand sie besuchen kam. Und Maria erzählte es Anna, ihrer Nachbarin, und sprach von dem Schmerz. Und Anna erinnerte sich, wie ihre Mutter vor ein paar Jahren im Pflegeheim jeden Tag sehnsüchtig auf den Besuch der Tochter gewartet hatte. Wie sie strahlte, wenn sie ihr entgegenblickte. »Weisst du, Anna«, hatte sie einmal gesagt, »wenn du hereinkommst, ist es, als ob sich der Himmel öffnen würde und ich hineinschauen könnte.« Und das trotz oder gerade wegen ihrer sehr fortgeschrittenen Demenz. Anna erinnerte sich an die schmerzhaften Schuldgefühle, wenn die Mutter sie anflehte: »Nimm mich mit zu dir«, und sie es nicht tun konnte. Sie war die letzten Tage im Leben ihrer Mutter häufig bei ihr gewesen, hatte ihre Hand gehalten, sie gestreichelt, ihr beruhigend zugesprochen, obwohl sie schlafend im Bett lag. Und es hatte sie geschmerzt, dass die Mutter des Nachts starb, alleine in ihrem Zimmer. als sie zuhause schlief. Sie wurde sofort benachrichtigt, mitten in der Nacht, und konnte am Bett ihrer Mutter sitzen, als diese noch anwesend zu sein schien, und Abschied nehmen, und ihr am nächsten Morgen Frühlingsblumen neben die Hände legen. Und Anna dachte jetzt an die vielen alten Leute, die unter schrecklichen Bedingungen hatten sterben müssen, und an ihre Familien, die nicht hatten Abschied nehmen können, und an all das Leid, das sich hinter diesen aufsteigenden Kurven verbarg.

Mit Eva hatte sie seit jenem letzten gemeinsamen Spaziergang nur noch am Telefon gesprochen oder ab und zu eine Whatsapp ausgetauscht. Den Retiro-Traum hatte sie ihr per E-Mail geschickt und Evas Kommentar lautete: Hoffen wir bloss, dass dein Kataklysmus-Traum von damals keine prophetischen Züge aufweist, obwohl einige jetzt schon auszumachen wären, ich denke da an »Mama, Papa, ich bin so allein!«

Madrid, April 2020